СОДЕРЖАНИЕ

ТЕМНЫЕ СИЛЫ

ТЕМНЫЕ СИЛЫ

Посвящается Николаю Васильевичу Шелгунову[1]

I

Злая пародия на нечто доброе

В большом губернском городе, Болотинске, жил еще недавно у церкви Егорья столяр Никита Петров, по прозванию "Долгий". Уже двадцать лет Никита нанимал две сырые, грязные каморки у егорьевского священника. Дом священника стоял в одном из тех переулочков, которые не мостятся, освещаются только сиянием небесных светил и в которых косматые дворняжки служат по ночам единственными блюстителями общественной безопасности.

Происходил Никита из мещанского сословия и занимался столярным ремеслом. Унаследовав от отца своего столярное заведение, он кое-как кормился им, пополам с грехом прокармливал и свою семью — жену с детьми.

Никите стукнуло уже за пятьдесят, и он выглядел высоким, сгорбленным, вечно понурым стариком, с лицом худощавым и бледным, освещавшимся впалыми серыми глазами. Его задумчивые глаза подозрительно и холодно смотрели на мир, и сияло ли солнце над миром, тучи ли заслоняли небо и нагоняли темноту, — глаза его не загорались, не тускли, но

---

[1] Посвящения, с которыми мои повести первоначально печатались в журналах, я нашел нужным сохранить и здесь. (Прим. автора.)

1

попрежнему недоверчиво всматривались в окружающее, как в стан враждебных ему сил. Вечером, бывало, когда он, по обыкновению, сгорбившись и нахмурив густые брови, стоял над станком с инструментом в руке, а пламя сальной свечи колеблющимся, неровным светом обдавало Никиту и его убогое жилье, — тогда можно было подумать, что не тихо, не довольно, не мирно протекла жизнь столяра: недаром на грубом лице, изборожденном морщинами, мелькали проблески неясных, неоконченных дум, нерешенных вопросов, следы затаенной борьбы и раздраженья. И думалось: не была ли вся его жизнь рядом темных вопросов без ответов?.. Редкие клочья седых волос падали на лоб, впалые щеки от жалкого освещения казались бледнее полотна, с тонких, крепко сжатых губ готово было сорваться злое, бранное слово, слово досады или вздох... Войдя в грязную, душную мастерскую Никиты, читатель тотчас же почувствовал бы, что он находится в присутствии одного из тех угрюмых людей, живущих впрохолодь и впроголодь, для которых жизнь на белом свете представляется не веселее вечной каторги... И действительно, радостей не было в жизни Никиты, не было ничего из того, что красит жизнь и заставляет ее любить; он отбывал жизнь просто как тяжелую работу.

Всего на все только один светлый денек помнит Никита — один денек из прожитых им пятидесяти лет, да и то помнит неясно и смутно, потому что тот день далеко, так далеко, что его словно переживал не Никита, а кто-то другой, так далеко, что столяру иногда кажется, будто бы он во сне видел такой приятный день...

Раз о пасхе отец водил его — тогда еще малого ребенка — на колокольню; отец звонил, Никита тоже дергал какую-то веревочку. Колокольный звон разносился в весеннем воздухе весело и радостно, весело и радостно билось Никитино сердце... Звон глушил Никитку, но Никитке было очень хорошо. Вдали, на горизонте, тянулись леса; ясное, прозрачное небо кротко синело над городом, над полями и лесами; яркое апрельское солнце лило на землю потоки света и тепла,— и Никитка, стоя на колокольне, живо ощущал всю прелесть весеннего тепла и солнечного блеска. Он любовался на нежную зелень молодых березок, осенявших старую, полуразвалившуюся кирпичную ограду егорьевской церкви; полною грудью вдыхал он в себя здоровый, свежий воздух... А колокола гудели и гудели; грачи, летая вокруг колокольни, около покинутых гнезд, громко кричали и все-таки не могли перекричать колокольного звона; голуби тихо, смирнехонько ворковали, приютившись на уступе истрескавшейся церковной стены, поросшей зеленоватым мохом. Никитке было так весело, что он готов был похристосоваться с каждым сизоголовым грачом, с каждым голубем, с каждою живою тварью... В ту пору был он очень добр и ласков...

Хотя теперь, когда столяру перевалило за полвека, он и не может с уверенностию сказать: действительно ли это был только один день или несколько дней слилось для него в один, но все-таки веселый колокольный звон на светлой неделе постоянно и до сих пор наводит на Никиту тихую грусть, пробуждая в нем воспоминание о какой-то сказочной действительности, подобной сну. Только один такой праздничный день выпал на долю Никиты, а затем тянулся ряд неприятных воспоминаний без конца и без начала. Трудно дышалось Никитке в родной семье, не весело жилось ему на свете...

Из бесчисленных забытых и полузабытых воспоминаний выдавалось особенно ярко одно темное воспоминание — об украденном в соседнем саду яблоке... Никитка только что было успел сорвать одно яблоко-зеленец, не успел даже и откусить его, как вдруг откуда ни возьмись огромная черная собака. Она бросилась на Никитку, сшибла его с ног и принялась его душить и мять в своих лапищах... В ту минуту из-за деревьев показался барин. Увидав, что его верный пес разорвал мальчугану рубашонку и оцарапал плечо, барин, убоявшись дурных последствий, оттащил собаку от Никитки... Никитка очнулся уже за забором в кустах репейника, между крапивой, — и в самом жалком виде. Как он очутился в крапиве, — Никитка не помнит... Зато не позабыть ему эту черную злую собаку, едва было не задушившую его за зеленое яблоко. Боялся и не любил он после того таких больших собак. Приключение в барском саду крепко въелось ему в память...

Дома его еще отец выпорол, внушительно приговаривая: "Балуй, да не попадайся! Не попадайся!" Никитка громким голосом уверял отца, что он "больше не будет", и действительно после того "не попадался".

Никита еще мальчишкой сдержал свое слово, данное отцу под розгами: стал осторожнее... Барские яблони опустошались; ломался хрупкий малинник и колючий крыжовник, рвались и топтались в барских цветниках великолепные георгины, белые и алые махровые розы, но Никитка оставался цел и невредим.

Так же ясно Никитка помнил всегда грозно поднятый над собой тяжелый отцовский кулак, помнил постоянную ругань вокруг себя и драку. Дома он грызся с отцом и братьями, на улице — с чужими; сначала он только отгрызался, а потом уже, войдя во вкус кусанья, сам стал нападать на ближних.

Ссоры с отцом происходили у Никитки более из-за пятой заповеди. Отец, согласно заповеди, требовал от сына безусловной покорности своей воле, а сын, по легкомыслию, не ставил ни в грош отеческих требований, которые просто казались ему "ехидством". Пошлет его, бывало, отец в кабак за водкой, а Никитка, позабыв все заповеди на свете, задувает себе с парнишками в бабки и лихо разбивает ряды костыжек битком, налитым оловом: не до отца ему, не до водки. Загуляет он до позднего вечера и воротится домой для получения колотушек уже тогда, когда есть захочется невтерпеж. На побои же отец был очень щедр, полагая, что чем более ребят бьешь,

4

тем они будут лучше, из чего ребята, естественным образом, вывели заключение такого рода: сделаться лучшим человеком по отцовскому рецепту очень тяжело и трудно.

Ссоры с братьями завязывались у Никитой чаще всего из-за еды, из-за куска пирога, из-за куска хлеба с луком, из-за лишней ложки прогорклых щей или кислого молока...

Вырос, наконец, Никитка, пережил всех братьев, которым посчастливилось умереть в скарлатине, отца он похоронил (матери он не помнил) — и зажил одиночкой, самостоятельно. Самостоятельность его на первых порах проявилась в женитьбе на дочери мелочного торговца, на девке бойкой и красивой. Но жена, кроме детей, никакого благополучия не принесла с собой в дом столяра. Несправедливости заказчиков, систематические подкапыванья своего брата бедняка и тому подобные, по словам Никиты, "мерзостные штуки" заставляли столяра обращать внимание на кабак, от чего дела, разумеется, не могли идти лучше. Нужда и горе, казалось, взялись быть неразлучными спутниками Никиты в жизни.

То он прятался от добрых людей, замуравливаясь в своем подземном жилище по целым неделям и месяцам... Слова, бывало, не проронит ни с кем, только хмурится. В такие тяжелые дни семья Никитина притихала: в каморке раздавался только стук молотка да визг пилы, по полу стружки разлетались, и молчание столяр перерывал только для того, чтобы кого-нибудь обругать. Тут уж и Андрюшка, сынишка-любимец, не забавлял Никиту; не находил отец утешения в ребяческих ласках, — да и ни в чем его не было для Никиты.

То напускал на себя столяр веселье, выпивая водки штоф за штофом, но пьянство, как всякое напускное веселье, оказывалось недействительным: веселье не веселило. В пьяном веселье, как и в горе, звучала для Никиты все одна и та же безысходно грустная нота, звучала беспрерывно, до боли надрывая сердце, туманя мысль. Никита трезвый хмурился и вздыхал; Никита под хмельком тоже хмурился, но вздыхал уже не исподтишка, но громко, всею грудью, — и чувствовал в те минуты непреодолимую потребность что-нибудь побить: детей своих, посуду, старую треногую скамейку или жену... Ничто не могло оттолкнуть Никиту от кабака, когда он хотел напиться: ни мысль о голодающей семье, ни спешность заказанной работы. Никакие самые мудрые, самые строгие законы не помешали бы Никите напиться в те минуты до бесчувствия, до забытья той горечи, что капля по капле осаждается во вся дни в жизни бедных: в те минуты он продал бы и свою семью, и самого себя, и все — никакая сила не вырвала бы у него из рук рокового стакана...

Двадцать лет живет столяр со своей Катериной Степановной и все еще не может решить вопроса: для коего лешего женился он?

— Дури-то в те поры, видно, много было! — рассуждал он не раз с самим собой. — Целоваться хотелось... Да и телом-то она, аспид, больно уж вышла...

Жена его, с своей стороны, также не могла удовлетворительно решить головоломного вопроса: зачем она замуж пошла... Также, должно полагать, по глупости больше, целоваться хотелось! И пошла она по той же дорожке, по которой шли все, пошла и спокаялась, как и все каялись в свою очередь; погоревала она задним числом, поругала себя всласть за то, что замуж сдуру пошла, связала себя веревкой крепкой по рукам и по ногам.

— То ли бы дело без Никиты! То ли дело без ребят-то! Сама себя прокормила бы, кланяться бы не надо — вольная птаха! Куда захотела — полетела, везде бы пристала, прокормилась бы... А теперь уж не вырвешься... Экий ад, прости господи!..

Так в часы досады и боли жаловалась Катерина Степановна на свою злую долю, проклинала свою непоправимую ошибку...

Теперь уж ей за сорок. Ее блестящие глаза потускли от дыма и чада, от слез и бессонных ночей; ее цветущее, веселое лицо сморщилось и пожелтело; не прежняя приветливая, а злая улыбка пробегает по ее сухим губам.

— Ноженьки и рученьки так разломило, что просто моченьки нет! — жаловалась она кумушкам-соседкам. — Вчера всю ноченьку промаялась, соснуть не могла... Под сердце подступает, и спину-то всю раскололо...

По совету кумушек-соседок ходила она к одной лекарке-ворожее, но чародейство не помогло; одна благочестивая старушка какой-то ленточкой от чудотворцев перевязывала ей болевшую руку, но и чудесная ленточка не помогла... Катерина Степановна на все чудесные и не чудесные "средствия" махнула рукой.

Болезни, постоянная скудость во всем, несправедливости, нападки мужа и чужих людей, возня с семьей сделали-таки свое дело — Катерину Степановну, женщину некогда полную сил и здоровья, женщину добродушную и спокойную, превратили в беспокойную, раздражительную старуху, не могшую без брани шага ступить. Как мать она была жестока; как жена — сварлива и зла... Не выбиралось из трехсот шестидесяти пяти дней ни одного такого благодатного дня, чтобы она не поругалась с мужем и не треснула бы чем-нибудь по голове хотя бы одного из своих ребят. С сухим, сморщенным лицом, с взъерошенными волосами, выбившимися из-под грязного, дырявого платка, вечно с жестким, ругательным словом на устах, — она могла бы показаться фурией тому из моих читателей, который не испытал на своей собственной шкуре, что значит: постоянно, изо дня в день недоедать, недопивать, дрожать от холода, переносить побои и брань. Не показалась бы она фурией тому, кто бы подсмотрел, как она раз о рождестве обогревала перед печкой малютку-нищего, который совсем было закоченел на трескучем морозе, славя под окнами Христа! Как она ласково гладила сиротку по головке,

7

потчевала пирожком!.. Не показалась бы она также фурией и тому, кто бы увидал, как она защищала свою маленькую Настю от пьяного, разъяренного отца и принимала на себя побои, предназначавшиеся дочери! Нельзя было бы назвать ее фурией, видя, как она, — сама усталая, измученная, — просиживала ночи напролет у постели своего больного мужа!..

Не фуриею была Катерина Степановна, но женщиною, захлебнувшеюся в горьких слезах, в слезах детей, в своих собственных слезах... Ее муж ругал, допекали давальцы, — она щипала ребят, таскала их за волосенки, ребятки в свою очередь вымещали свою злобу друг на друге, на кошках и собаках, — сильный терзал слабого, слабый ревел благим матом и жаловался тятьке или мамке; являлись на сцену прутья, вой усиливался, после чего наступало минутное затишье: все бродили, надув губы, кошка пряталась под печку, пила визжала, за перегородкой ворчала Катерина Степановна, а там опять шло попрежнему — и так с утра до ночи; ночью в жилище столяра стонали, охали, невнятно бранились и плакали спросонок... Справедливо называла адом свою жизнь Катерина Степановна...

Но между многими пороками и более или менее гнусными недостатками в Никитиной жене было одно золотое качество: Никитина жена работала, рук не покладая, ругалась и проклинала, не унывая, не падая духом. Глядя на нее, можно было удивляться, до чего вынослив, живуч человек, если даже и в дьявольски тяжелой жизни, подобной жизни Катерины Степановны, он не вовсе еще обращается в лютого зверя, но сохраняет в себе некоторые из тех качеств, которые делают поразительным сходство между ним, полузверем, и тобой, мой цивилизованный читатель. Катерина Степановна не принадлежала к категории обессилевших: она деятельно заправляла своим маленьким хозяйством, занималась прачечным ремеслом, ходила полы мыть; летом, когда бары-давальцы разъезжались по своим усадьбам, она нанималась на огороды.

Не сидела без дела и дочь ее, семнадцатилетняя Настя. Она вместе с матерью возилась с бельем и по целым часам мерзла зимой у проруби, полоща белье; в свободное же от стирки время она клеила гильзы и разносила их по домам; помогала матери обшивать семейство и даже нередко пилила с отцом и приготовляла брусья, выглаживая их стругом. Зато и жизнь уже успела положить свою жесткую лапу на ее молодое личико. Когда она, сидя под окном и склеивая гильзы или вертя мундштуки, подымала от работы свою белокурую хорошенькую головку, в глазах ее просвечивала тревога и какое-то неопределенное чувство беспокойства, а лицо выражало не то вопрос, не то недоумение, не то мольбу... Взглянувши на ее глаза, можно было подумать, что она или только что плакала, или хочет заплакать, — так уныло, тоскливо смотрели они... Но она молода, сердце ее еще не заскорузло, не съежилось, как ежится на огне сухой лист. Она внимательно всматривалась в щегольские дамские наряды, с тайным, непонятным для нее удовольствием заглядывалась она на красивые лица встречавшихся ей на улице мужчин, — и девушка не понимала: как это мать могла запретить ей глазеть по сторонам.

— Иди, да не зевай у меня! Я тебе косу-то встреплю... Вишь ты, и ленточку повязала... — часто ворчала Катерина Степановна, отпуская дочь из дома для разноски гильз или по какой-нибудь иной надобности.

Не понимала Настя: за что ее мать встрепать хочет; отчего матери так не нравится ее голубая ленточка.

Для Катерины Степановны будущее уже представлялось просто грязной дорогой к кладбищу. Настя же еще надеялась, что туман рассеется и начнется для нее лучшая жизнь. Недаром в ее умных голубых глазах загорается огонь жизни, огонь любви и вспыхивают румянцем ее бледные щечки, когда завидит она в окно знакомого писаря. Настя многого еще ждет, на многое надеется... Как, например, приятно билось и замирало ее сердце, когда однажды светлым праздничным вечерком за воротами писарь попотчевал ее калеными орехами и шепнул ей какой-то подержанный комплимент! Как она, в другой раз, весело-лукаво смеялась, когда тот же писарь, идя по дырявым мосткам мимо их окон, загляделся на нее и едва не упал. Ах, если бы не было матери дома! Она непременно выскочила бы за ворота поболтать с ним... Время было еще не позднее; все гуляют, забавляются... Над городом еще горит заря, и на улице как днем светло... Но мать уже ворчит, что Настя все баклуши бьет, что надо мундштуки вставлять да нужно выкрахмалить несколько сорочек к завтрашнему дню...

"Работай да работай! Все только работай... Никакого тебе веселья нет... Люди празднуют, а ты крахмал заваривай!.." — жаловалась сама себе Настя и принималась заваривать крахмал, отгоняя от себя заманчивый образ, все мечты и желанья, которые одни только и могли бы скрасить жизнь для Насти.

Кроме Насти, под родительским кровом жил еще, как сказано, Андрюша, мальчишечка лет четырех, самый младший член Никитиной семьи. Светлокудрый Андрюша представлял собою существо до того незлобивое, до того кроткое, доброе и милое, существо до того ярко и резко выступавшее из всего окружающего, злого и грубого, что кумушки пророчествовали хором: "этот парнюга не жилец на белом свете".

— Такие ребятишки, матушка ты моя, николи не живут подолгу! — говорила старуха-нищая, жившая рядом с столяром. — Царствие их не здешнее: уж очень сердцем-то они кротки!..

Андрюша действительно до того был незлобив и кроток сердцем, что не таскал даже за хвост Машку, а Машку, должно заметить, таскало за хвост решительно все подраставшее Никитино поколение. До того Андрюша был ласков, что даже черствое сердце столяра, не доступное никаким вообще

10

нежным чувствованиям, смягчалось, — и Никита щелкал Андрюшу менее прочих детей, игрывал даже с ним под веселый час; для Андрюши у Никиты находились и доброе слово привета, и ласка, и страшная сказка, и смешная прибаутка. Отец добродушно звал своего любимца "куморкой". В этом странно звучащем слове сказывались отцовская любовь и нежность...

— Андрюха! Ты меня любишь? — спрашивал, подвыпивши, столяр у сына, ползавшего у него в ногах.

— Юбью! — ответствовал сын. — А дай Дюхе съюжек... шло бойьше юбить стану.

Столяр ухмыляется, берет горсть стружек с своего станка и бросает их Андрюше.

— Ну, куморка! Покажи-ка теперь; как ты любишь тятьку!.. — возглашал отец.

— Во как... во... — пищит сынишка и, обнявши ногу отца, жмет ее изо всех сил, кряхтит и кашляет...

— Ну, ладно! Умная ты у меня голова... — говорит Никита, и задумчивая улыбка пробегает по его губам, когда он смотрит на раскрасневшееся личико Андрюши.

— И ты голова... — шепчет Андрюша, забавляясь стружками.

Так благодушествуют отец с сыном, но не часто они благодушествуют...

Кроме "не жильца на белом свете", господь наделил Никиту еще двумя сыновьями, которые в начале моего рассказа жили уже "на местах" — и со стороны кумушек, в противонадежность Андрюшке, пользовались репутацией существ вполне земных.

Старший, Алешка, малый лет шестнадцати, был отдан сапожнику-куму в ученье. Кум-сапожник не раз, между прочим, принимался объяснять Алешке и сотоварищам его ту истину, что если они будут хороши, то и им будет хорошо. Положение в сущности немного сбивчивое, но сапожнику представлявшееся, очевидно, весьма ясным и удобопонятным. Сбивчивые правила отвлеченной философии нередко получали вещественную поддержку в образе кулака и розги... Из того, что сапожник ежедневно молился богу, крепко стукаясь об пол лбом, мальчишки увидали, что каждое утро и каждый вечер следует молиться богу, то есть стукаться перед образами об пол лбом; из того, что сапожник часто напивался допьяна, напившись, пел и шумел, — мальчишки вывели то заключение, что напиваться, должно быть, очень приятно, а нравоучения, но причине их сухости, пропускали мимо ушей... На Алешке, как и на его товарищах, подтвердилась еще раз избитая истина, гласящая: будто бы пример заразительнее всяких, самых красноречивых нравоучений даже и в таком случае, когда последние поддерживаются авторитетом палки или кулака. Алешка возлюбил водку; из-за нее он безбоязненно прокучивал хозяйский товар, инструменты, сапожные обноски и безбоязненно же шел за то под побои и затрещины. Порядочный молодец выходил из Алешки в школе кума-философа; недаром кумушки окрестили его прозвищем "отпетого" — прозвищем, от которого так уж и веяло острогом, кандалами, каторгой.

Младший брат, Степка, мальчуган лет девяти, служил на побегушках в мелочной лавочке дяди Сидора. Сидор Панкратьев, родной брат Катерины Степановны, слыл за человека глубоко нравственного, воздержного и пользовался уважением людей благомыслящих; на самом же деле дядя Сидор был только скуп, и только скупости своей он был обязан своею внешнею добропорядочностью и воздержностью. Он не прочь бы был и покутить и поразвратничать — на чужой счет, да втихомолку. Это просто был наглухо, ловко замаскированный плут и мошенник, человек практический — в самом гнусном значении этого слова... Дядя Сидор, как хозяин строгий, парнишкам воли не давал и так больно бил их аршином, что мальчишки его выглядели образцами кротости и смирения и обещали сделаться впоследствии прототипами своего славного хозяина, то есть такими же, как он, ползающими тварями, бессердечными ханжами и лицемерами.

Степка, как существо бессильное, немощное, весь — и телом и душой — отдался во власть железного аршина. Прикажи хозяин чернила слизать с листов приходо-расходной книги, — Степка слижет не поморщившись, даже и отплюнуться не посмеет. Закажи ему хозяин обмерить или обвесить какую-нибудь несмыслящую старушонку, покупающую соли на грош, да крупы копейки на три, или надуть ребенка,— Степка, не моргнув, побожится хоть десять раз, обмеряет, обвесит и надует так аккуратно, что и весьма зоркому глазу будет нелегко заметить его плутовской маневр. Снявши шапочку, с низкими поклонами проводит он обманутого покупателя, размахнет перед ним дверь настежь и умильным голоском закричит ему вслед: "Напредки-с милости просим..."

Степкина спина зато остается цела, а что Степке за дело до чужого кармана. Хоть все по миру пойди! Степке зато дают чаю, то есть сам Сидор Степанович подает ему чашку с мутной водицей, кусочек сахара, едва видимый невооруженным глазом, и говорит: "пей!" Степка посматривает на сахар, прихлебывает грязную водицу, налитую из чайника, и наслаждается... Вприглядку же и без сухих крендельков он пьет чай потому, что сахар и крендельки он приберегает, а по праздникам делится ими с братом Алешкой, перед ухарством и силою которого преклоняется Степка-мозгляк. Хотя Алешка и подтрунивал иногда над братом, называя его "мямлей" и "бабой", но Степка не обижался и был себе на уме. Смехом отделывался он от нападений Алешки и оставался в полной уверенности, что Алешка проще его, что он изворотливее Алешки...

Одинаковость положений сближала братьев: они оба были недовольны своею участью, оба были окружены врагами.

Алешка никого не боялся, Степка же боялся всех, кто был посильнее его. Оба же брата представляли из себя еще в зародыше двух типических представителей тех сил, враждебных обществу, без которых современное общество немыслимо.

II

Стоны и скрежет зубовный

Купол и крест егорьевской церкви и высокий колокольный шпиль сияли в первых лучах восходящего солнца.

Красноватый утренний свет проникал через два маленькие оконца и в убогое жилище столяра. В тесном заднем отделении на низеньком старом столе Настя, засучив рукава, катала тесто; Андрюшка, сидя у окна, что-то жалобно мурлыкал себе под нос. Никита расположился на лавке в переднем отделении и старательно расчесывал роговым гребнем свои сполетившиеся волосы.

Наступал праздничный день...

Возвратилась с реки Катерина Степановна и, узнав, что парнишки еще не приходили, занялась просушкой белья. Алешка со Степкой по праздникам обыкновенно приходили домой.

— Блажной, прости господи, человек! — роптала вслух Степановна, ставя в печку утюг. — Рубашкам числа нет, — и чистые есть, верно знаю, что есть... А нет, вот подавай непременно эту! Уродится же такой человек: как заладит что, так и шабаш!..

— К обедне-то не пойдешь, что ли? — спросил Никита, кончив свой туалет.

— Какая тут обедня!? — взъелась на него жена и раздражительно принялась разбивать в печке головню.

Головня ворочалась по поду, искры сыпались...

Никита сердито ворчал. Он для праздника намазал ворванью

свои высокие сапоги, заправил в них свои полосатые штаны, надел иззелена-черный, длиннополый кафтан и даже повязал галстук, повязывавшийся не каждый праздник; последнее обстоятельство обозначало, что для Никиты на этот раз с праздником соединялось еще нечто...

Когда на егорьевской колокольне заблаговестили к ранней обедне, Никита взялся за шапку. В сенцах повстречался он с суетившеюся Катериной Степановной и сказал:

— С Настасьей-то поговори ужо... А я от обедни-то к Кривушиным пройду!

Пока Настя подметала березовым веником щелеватый пол, Степановна занялась глаженьем. Хмурилась она сильно и с сердцем поплевывала на горячий утюг: в ее душе подымалась непогода и должна была испортить для нее и для ее семьи праздничное утро. Разобидел ее упрямый давалец, немало также озабочивали ее и предстоявшие переговоры с Настасьей, о которых уже, уходя, намекнул ей муж и о сюжете которых он с ней держал совещание ни свет ни заря, когда детки еще крепко спали и на дворе было сумеречно. Андрюшка между тем, забившийся с палкой под стол, на котором одним краем лежала гладильная доска, вообразил себя кучером, палку — лошадью, а стол — каретником... Он заползал, завозился и, принявшись закладывать свою воображаемую лошадь, толкнул стол так сильно, что утюг, стоявший на обломке кирпича, дрогнул и шевельнулся... Катерина Степановна загорелась от гнева и досады: болезненный румянец выступил пятнами на ее исхудалых щеках, глаза блеснули из-под нахмуренных бровей.

— Что тя леший-то никуда не унесет! — злобно вскричала мать.— Ишь забился... Убирайся ты, дьяволенок! Так вот голову-то и прошибу...

Мать пнула под столом Андрюшку, — тот запищал; мать выхватила его оттуда за рукав и, притащив в сени, с остервенением толкнула на крыльцо. Андрюшка головой угодил прямо о порог. Пошатываясь, перелез он через порог и, усевшись на нижнюю ступеньку крыльца, уткнул в руки свою ушибленную голову и тяжко и горько заплакал.

— Чего воешь, Андрюшка?— осведомилась проходившая мимо старушка-нищенка. — Мать выстегала, что ли?..

— Гоьовку бойьно... ой бойьно, бойьно!.. — всхлипывал ребенок, глотая слезы и прижимаясь правым виском к колену.

На виске вскочил синяк.

Подошла Арапка, виляя хвостом, и, ласкаясь, ткнула мордой Андрюху в бок. Андрюха посмотрел в слезливые глаза старой собаки и подумал: "Арапка плачет, Арапку водовоз, видно, тоже по головке бил..." Андрюша помнит, как раз сердитый водовоз бил собаку...

Арапка села и, положив свою морду на колени к ребенку, принялась умильно взглядывать на него. Взял мальчуган; собаку за ухо, потащил к себе и, запустив свою маленькую ручонку в ее густую взъерошенную шерсть, стал гладить, теребить — ласкать по-своему Арапку. Голодная Арапка ждала подачки, но, не дождавшись ничего, подняла вдруг морду и с ожесточением принялась лаять на ворону, усевшуюся на заборе. Ворона, очевидно, порывалась было опуститься на землю и пробраться к помойной яме, чтобы вытащить оттуда яичную скорлупку, заманчиво выглядывавшую, из грязи и сора. Испуганная хриплым лаем дворового пса, ворона закаркала и улетела в соседний сад, а собака, успокоенная ее отлетом, улеглась у Андрюши в ногах.

Никита в это время стоял уже в церкви и вместе с другими клал земные поклоны, вздыхая про себя потихоньку и набожно творя крестное знамение. Никита смотрел на образа, но не к богу неслись его помыслы. Они то возвращались к только что оставленной им семье, то уносились в барскую переднюю, в дом Кривушина. "Федор Гришин, — рассуждал столяр,—

детина ражий, мастеровой человек — нашего поля ягода! Гульнуть хошь любит, да ведь это что! Кто из нашего брата этого не любит. Вестимо, как выпьешь, так и оживешь!.. А Насте он — пара..."

Вчера вечером, зашабашив, приходил к нему Федор и сделал предложение: больно, вишь, полюбилась ему Настасья Никитишна. Давно уж он думал переговорить с Никитой Долгим об этой материи, да все не мог собраться; вчера под хмельком он, наконец, решился привести в исполнение свое давнишнее намерение, подвинуться хоть на шаг к осуществлению своей мечты... Хотя Настя-то к нему не очень льнула, да ни жених, ни отец не ждал отказа. "Чего еще ей надо! — успокоивал себя жених. — Будем не хуже других"...

Денежные расчеты стали занимать Никиту, и, вместо молитвы, он начал высчитывать рубли и копейки, которые ему уже давно оставался должен за мебель Кривушин. "Тридцать рублей... — припомнил Никита. — Так точно! Десять рублей он уплатил... тридцать рублей, значит, и осталось! Да за подзеркальники к туалету рубль с полтиной!.. Да!" Деньги Никите были очень нужны: отчасти для того, чтобы справить свадьбу дочери, отчасти для покупки материала. Чем сильнее копошились мысли в голове Никиты, тем сильнее он встряхивал головой, тем порывистее крестился и клал земные поклоны... Не хотелось Никите идти к господину Кривушину. А идти было необходимо — нужда толкала.

Стоял Никита в барской передней и мял в руках свою засаленную шапку.

— Да ведь чего же, сударь, еще ждать-то! И так ждали... больше года прошло... — говорил столяр, рассеянно поглядывая по сторонам. — А наше дело мастеровое... деньги нужны... И материалов купить, и на хлеб тоже нужно... Одним ведь воздухом не проживешь... Сами изволите знать...

— Хорошо ты, голубчик, стулья-то сделал! — заметил барин с недовольной, насмешливой миной.

Барин — мужчина довольно тучный, с лоснившимся лицом — пыхтел, как паровик, и бренчал часовой цепочкой. Своими маленькими маслянистыми глазками он посматривал нетерпеливо-небрежно то на столяра, то на кончики своих лакированных сапог.

— Стулья-то твои почти уж все переломались... — начал было барин и не кончил...

— Сами вы принимать изволили! — перебил Никита с жаром.

— Да ты много-то не рассуждай у меня! — вскричал Кривушин, потрясая брелоками. — Убирайся! Пошел вон... — Барин повернулся и вышел из комнаты. Никита остался вдвоем с лакеем.

Столяра тоже сильно начала разбирать досада. Губы у него как-то судорожно передергивало. Воспоминание о страшном черном псе опять вдруг ожило и ярко восстало перед Никитой.

— Эх ты! Рассердил только барина-то у нас... — с неудовольствием говорил лакей, посматривая на рабочего. — И кой тебя чёрт дернул... А-ах, право...

— Да какой ты чудной, парень! — огрызнулся и на него Никита. — Деньги-то ведь нужны... Как же быть-то! Не пропадать же из-за того!..

— Ну, в другой раз пришел бы! Не беда! Ведь не за тридевять земель живем... — заметил лакей.

— Нам разгуливать-то некогда! — резко заметил Никита.

Лакей не удостоил его возражением и принялся напевать себе что-то сквозь зубы. Лакей был малый с испитым, опухшим лицом, в грязных воротничках и сюртуке. Он сидел на ларе, побалтывал ногами и глазел в окно. "Холуй, так холуй и есть!" — подумал рабочий, хмуро, с недовольством посматривая на лакея...

Дело кончилось тем, что Никиту, наконец, вытолкали из передней... Медленно спустился он с парадной лестницы и, выйдя на улицу, остановился, чтобы перевести дух. Страшен был в те минуты Никита: лицо его дышало злобой, ноздри раздувались, глаза горели кровожадным блеском. Никита казался еще страшнее оттого, что старался сдерживаться, не давал воли зажегшейся страсти. Он думал надеть на себя личину спокойствия в то время, как ад клокотал в его груди. От сознания бессилия перед врагом на мгновенье навернулись слезы на его глазах, он смахнул их, сглотнул и заскрипел зубами...

Прямо через дорогу стоял покривившийся старенький домишко с огромною вывеской, разукрашенною изображением штофов, бутылок и стаканчиков, налитых до половины. Крупными красными буквами на той вывеске значилось: "Распивочно и на вынос". Никита ощупал несколько медных монет в своем кармане и перешел через дорогу...

Катерина Степановна в это время с воркотней приготовляла белье "блажному давальцу", сухо встретила Степку и Алешку, обозвала их "санапалами" и все-таки накормила гороховиком, причем Алешке, как любимцу матери, достался кусок побольше. Напрасно прождав мужа к обеду, Степановна решила, что его опять, видно, в кабак занесло, и села с детьми за скудную трапезу. Катерина Степановна тупым ножом искромсала мясо и куски свалила в чашку щей.

— Щи-то сегодня что-то не больно наварны! — заметил Алешка, облизываясь и мешая в деревянной чашке похлебку.— И капуста-то серая какая... У нас так завсегда...

— Ну, ну, ты! — прикрикнула на него Катерина Степановна.— Ешь, коли дают! Серая капуста! Вишь ты... тоже! Рыло-то у тя серое... Вам, дьяволам, и того-то не надо давать... Чего вихор-то опустил?— взъелась мать на Степку, когда тот низко наклонился над чашкой.

— Таракан! — лаконично объяснил Степка, вытаскивая за усы из щей прусака и бросая его на пол.

— Ну, ладно! Не подавишься! — заметила мать, отплевываясь.

После щей явилась еще крынка пресного молока, кусок гороховика, и тем закончился обед.

Степка, ради забавы, привязал кошку к скамейке за хвост, за что мать стукнула Степку в горб, а кошку выбросила за шиворот в окно... Потом братья принялись с Андрюхой играть в прятки и, наконец, развозились до того, что Катерина Степановна совсем осерчала и прогнала их из дома вон... "Честные братаны" отправились бродить по городу с твердым намерением при случае побаловаться, а Катерина Степановна пошла разносить белье своим давальцам. Настя осталась одна с Андрюхой; братишка спал, а сестра думала горькую думу.

Мать объявила ей о желании Федора Гришина взять ее себе в жены. Гришин ей нисколько не нравился, — не лежало к нему Настино сердце...

— И думать не моги! — сказала ей мать. — Выходи, Настька, да и шабаш! И нам полегче будет, да и тебе-то... Чего еще ждать, прости господи...

А Настя между тем, вопреки материнскому запрещению, не могла перестать думать, не могла сразу, безропотно покориться необходимости бросить на ветер свои девические мечты и желанья, — выйти замуж за немилого... Грустно понурившись, сидела она под оконцем... Легко было матери сказать: "не моги думать!"

По мостовой, гремя и дребезжа, катились экипажи, шли гуляющие — разряженные дамы и кавалеры. Веселый говор, беззаботный смех праздной толпы, доносясь до Насти, еще пуще, еще болезненнее бередили ее раны. "Есть же вот люди, веселятся. Им хочется гулять, и гуляют!.. — раздумывала девушка. — Есть же люди, которым жить гораздо лучше, чем мне!.. Да что ж я-то за несчастная такая уродилась?.." Мягкий вечерний свет лился в комнату, праздничные звуки долетали до Насти; напротив в доме барышня играла на фортепиано и пела о любви, о каком-то счастье. Прозрачно-голубое, ласкающее небо, спокойное, тихое — раскидывалось над крышами домов, прохладой веяло из соседнего сада, пахло цветами за окном; ни свет, ни блистающее небо, ни праздничные звуки веселящейся толпы, ни сладкая песня о любви — не разгоняли будничного состояния ее духа, убитого горем. Да и где же им, этим светлым, праздничным звукам, этим песням о счастье ободрить и утешить ее, бедную, когда вся ее жизнь, все будущее в этот прекрасный, сияющий вечер становится на неверную карту. Заикнулась было Настя матери о писаре,— мать накинулась на нее.

— Что-о? Писарь? — заговорила она. — Он себе невесту-то почище сыщет, из приказных али из духовных возьмет али какую ни на есть купчиху подденет... Пустые слова только говорит твой писарь; побаловаться ему охота, вот что! А Федор Митрич — свой человек... Семь рублей с полтиной в месяц получает, не озорник.

Настя сидит у окна и горюет втихомолку, одна-одинехонька. Напрасно она вглядывается в передний угол, на образ, где в тени, едва видимо, бледнеет лик спасителя... Не снимается тяжесть с ее изболевшего сердца. "Хозяйка будешь! Муж если и поругает, так уж зато он — муж; другим в обиду, значит, не даст..." — думает Настя, и ей чудится, что она уже начинает думать не своей головой, а головою матери... Но вдруг — как назло — мимо окошка проходит писарь, снимает шапку, кланяется и покручивает свои черные усики...

— Все ли в добром здоровье, Настасья Никитишна? Каково

поживаете, нас не позабываете *ли?*— спрашивает он, приостанавливаясь у тротуарной тумбы и подбочениваясь.

Густой румянец разлился по бледным щекам девушки, глазки загорелись; но ни пылавших щек, ни глаз, искрившихся любовью, писарь не мог подглядеть в вечернем сумраке, а то бы страшно всполошились его животные инстинкты... Смутные, неясные желанья волновали Настю, и нестерпимо ей показалось приносить себя в жертву рублям и копейкам Федора Митрича, и захотелось ей хоть раз в жизни, хоть одну, одну минуту любить и забыться в любви, отпраздновать свою молодость... Грудь ее высоко подымалась, слово мольбы и призыва готово было сорваться с ее полураскрытых губ... В это время пьяный отец постучался в дверь, обругав "косолапым чертом" Арапку... Писарь скрылся... Вот скоро мать придет, затеется ссора, — и уж тут хоть святых вон неси!..

Скоро действительно возвратилась и Катерина Степановна от кумушки, к которой заходила на перепутье чайку напиться да покалякать о городских новостях, о похоронах, свадьбах, о семейной и общественной жизни обитателей Болотинска. Пришла она сильно раздосадованною на свои неудачи: помощник столоначальника казенной палаты за белье денег не отдал шести гривен, пьянчужка проклятый! А "блажной давалец" хоть и отдал, по обыкновению, деньги все сполна, до копеечки, но заметил на манишке какое-то крохотное пятнышко и всячески обругал за него Степановну.

— Седьмой год стираю на окаянного, хоть бы когда-нибудь на чай подарил на полтора золотника! — говорила она брюзгливо. — Вот, мол, тебе, Степановна, за радение! Хоть бы на смех! Так нет!.. Только ругани и дождешься.

Мать была сердита, а отец еще того сердитее. Степановна попрекнула мужа кабаком, а тот, не позабывши своего утреннего визита к Кривушину, проклял жену всевозможными проклятьями, причем так стукнул кулаком о стол, что хлебная чашка слетела с полки и попала ему в голову... Гнев родительский на этот раз отозвался всего печальнее на Насте... Поугомонившись немного, Никита повел с женой тихие речи.

— Ну что? — спрашивал хмельной отец, мотая головой по тому направлению, где за перегородкой, пригорюнившись, сидела Настя.

— Да что! Мало ли она чего городит, не слушать же стать! — с сердцем отозвалась Степановна.

Никита промычал что-то себе под нос и почесал за ухом...

— Настька! — вдруг возгласил он мрачно. — Я тебя Федору буду пропивать! Слышь?

— Я мамке говорила, что не пойду за Федьку... — надорванным голосом ответила Настя из-за перегородки.

— Чего-о-о? Не пойдешь? — протянул отец, как бы удивляясь смелости дочери. — Да кой леший у тебя спрашиваться-то станет, пошлют, так пойдешь! Венца-то небойсь скинуть не дадут... Скрутим!.. — тут столяр употребил свое обычное ласкательное слово. — У меня и без тебя один дармоед есть... — продолжал Никита, тыча пальцем в сторону полатей, где спал Андрюша. — На даровой-то хлеб вы все охочи... черт бы вас побрал!..

— Не без дела сижу! — с горечью отозвалась дочь...

— Востра, матка! Вижу, что востра... — саркастически возразил столяр. — Гм! "не без дела сижу!" Вишь ты!..

— Не пойду, не пойду! — вполголоса повторяла Настя, чувствуя, что говорит сущий вздор, что пойдет она замуж за Федьку...

Долго толковали родители, то ссорились, то мирились, но разговор мало-помалу стал принимать тон все более и более ласковый.

— Ты возьми в толк вот что! — внушительно говорил: Никита. — Другой-то скоро ли еще подвернется, дожидайся еще... а Федор по крайности человек известный, не беспутный какой, никаких худых дел за ним не водится, — парнюга изрядный и из себя ничего... Палашка али Анютка, поди, выскочили бы за него с радостью...

Чем тише начинал говорить отец, чем мягче и ласковее становились материнские речи, тем яснее сознавала Настя, что ее твердое решение: не выходить замуж за Гришина, — колеблется все сильнее. Под конец уж она ничего не возражала, но молча, словно к смерти приговоренная, сидела, сложив руки на коленях. Слезы текли по лицу, падали на скрещенные руки... Заплакала и Степановна... Скрепя сердце, не веря себе ни на волос, толковала мать дочери о том, что авось все перемелется, мука будет... Поживет — слюбится...

Никита тоже хмурился, пока не пришел Федор. Тут они ударили по рукам и, как водится, пошли в трактир "Саратов" пропивать Настю. В то время как Настя плакала и плакала, жених ее потчевал своего будущего тестя, тесть пил и ругал своего будущего зятюшку за то, что тот плут и мошенник...

Город спал мертвым сном, только кое-где лаяли собаки, месяца уже не было видно, когда Никита, сильно охмелев, вышел из трактира, где пропил Федьке свою дочь. В то время как он проходил мимо кривушинского дома, словно какое-то темное облако застлало от него все окружающее, всю действительность, только утренняя сцена в барской передней, образы барина и лакея живо и ясно рисовались в его воображении на черном фоне злобы, тоски, ожесточенья...

Тихо было вокруг. Даже было слышно, как лист в саду шелестил... Слышно было, как где-то далеко сторож в доску бил... Была полночь... Никита наклонился, поднял с мостовой булыжник и с силою запустил им в стену кривушинского дома...

Вдруг ему послышалось, будто кто-то крикнул: "держи его!" Со всех ног бросился столяр бежать: ужас напал на него, хмель мигом вышибло из головы. Несясь по улице, он было чуть с ног не сшиб одного приличного господина, вообразив себе, что тот хочет задержать его. Бежал Никита сломя голову, пробежал площадь, пробежал мимо старинного собора, пробежал в его тени на мост... Ему уж чудилось, что за ним по пятам бегут полицейские, догоняют его, хотят схватить и утащить в часть... Запыхавшись, вбежал Никита на низенькое крылечко своей квартиры, пошатываясь, кое-как добрел он до лавки; помутившимися от страха глазами посмотрел за перегородку, откуда свет светил, но тут уж силы, долго напряженные, оставили столяра, и он без памяти повалился на лавку. Через минуту он тяжело храпел...

За перегородкой долго за полночь горел ночник. Степановна, просыпаясь, несколько раз приказывала Настьке гасить огонь, но Настька, не слушая ее, сидела, прижавшись к столу и положив голову на руки... Не думала она огонь тушить: то безумные, грешные помыслы заползали ей в душу, как незваные, назойливые гости; то приступала к ней мысль о покорности...

"Убежать? — спрашивала сама себя Настя, ломая руки и крепко-крепко стискивая голову, словно надеясь выжать из нее ответ. — Куда? Где устроиться? Где будет лучше?.."

Только в сказках сказывается, слыхала Настя, что есть на свете стороны — такие чудные, где реки текут молоком и медом, а берега у тех рек кисельные... Там "как агнцы, кротки человеки", там поет жар-птица, там люди находят живую и мертвую водицу, там Иван-царевич спасает бедных девок... Настю же некому спасти!..

"В самом деле, не сделать ли уж так, как отец с матерью говорят?!."

Сожаление о рано схораниваемой девичьей волюшке

выжимало у нее слезы на глаза; но больнее сожаления о потерянной молодости терзало ей сердце сознание своей немощности, своего бессилия перед злою долею...

Ночник на рассвете догорел и погас... Думы Настины, поднявшие было такую сильную рябь на спокойной поверхности ее маленького мирка, стали обессилевать, утихать... Когда же первые лучи весеннего солнышка осветили жилье столяра, когда они ударились в закоптелую печную заслонку и в почернелый потолок, — тогда Насте уже стало казаться вполне естественным, если она отправится в церковь с противным Федором и обойдет с ним трижды вокруг налоя.

III

Два, венца... терновые

Катерина Степановна жалела Настю и выдавала ее замуж не по одному только расчету: избавиться от лишнего рта. Мать знала, что, избавляясь от лишнего рта, она в то же время лишалась двух здоровых, крепких рук: ведь Настя действительно не сложа руки сидела. Она помогала матери в стирке, помогала в хозяйстве и еще сверх того специально занималась клееньем гильз. Сначала Настя продавала гильзы по две с половиной копейки сотню в мелочную лавочку добродетельному дяде Сидору; потом разносила она их по домам по три копейки сотню, затем уже ей как-то посчастливилось гильзы поставлять в магазин по две копейки сотню из готового материала. Занимаясь только гильзами, Настя могла бы сделать в день сот до осьми; но с обрядом и ходьбой туда и сюда выходило обыкновенно не более пяти сот. Средним же числом Настя успевала сработать в месяц тысяч восемнадцать, следовательно, получала около трех рублей с полтиной в месяц. Так Настя, значит, работала и приносила в общую сокровищницу свою лепту... Но от делания гильз у Насти ныла грудь, спина болела... Катерина Степановна, как женщина далеко не глупая, все это знала очень хорошо, жалела свою дочь сильнее и искреннее иной чадолюбивой "maman" и потому не могла видеть для Насти особенного благополучия в том, если она засидится в девках и станет пробавляться подобною работой.

— От этих дел не будешь богата, а будешь только горбата! — говаривала не раз Катерина Степановна.

В замужестве для Насти мать особенного благополучия не чаяла, но выдавала ее просто потому, что лучшей участи для дочери никак не могла придумать. "Хошь достаточек будет да обеспечение какое ни на есть... Все-таки свой угол..." — думала она, снаряжая дочь к венцу, Никита же знал только одно, что долго *ли*, коротко *ли*, рано или поздно, а Настю все-таки придется в церковь гнать...

Настя же сильно тосковала, не внимая ни внушительным доводам, ни строгим уговорам отца, ни слезливым увещаниям матери. Настя уже не молила никого, не молилась никому, ни на что не жаловалась... Писарь знал об ее горе и не шел спасать ее, даже наведаться об ней не пришел ни разу вечерком к воротам, как, бывало, прежде...

Да любил ли ее, полно, писарь-усач? Не поиграть ли, в самом деле, только хотелось ему с бедной девкой? Не права ли мать была, обзывая его "шерамыжником" и "пустомелей"?.. И припомнилось с чего-то Насте, как однажды красивый писарь читал ей какой-то старый, рваный песенник без начала и конца, От серых, засусленных листков которого сильно припахивало казармами, махоркой и гнилью. Писарь читал:

Нет! не на радость, друг милый,
Новые дни к нам придут;
Верно, не здесь — за могилой
Радости наши цветут...

С большим чувством, по-своему, прочел тогда писарь эти четыре жалобные строчки. "Да, — думалось теперь невольно девушке, — видно, не здесь зацветут мои радости!.." Верно угадала Катерина Степановна характер писаря, называя его "шерамыжником"; не менее верно угадала она и характер его ухаживанья за Настей: писарь действительно олицетворял собою одну пошлость.

Дослужившись до нашивок и сгибаясь перед офицерством; он шибко задирал нос перед низшими. Он, вышедший из мужицкой среды, ругал деревенских людей "вислоухими мужланами" и при случае не прочь был потрепать за бороду какого-нибудь смирного, забитого "дядю Пахома".

Писарь-выскочка жениться действительно подумывал на купчихе-вдове, а в Насте он просто видел цветочек, который можно было сорвать; а затем, повертевши в руках, забросить подальше, с глаз долой...

Так, или почти так, начинала думать и Настя, припоминая серые хитрые глазки усатого писаря, покрывавшиеся маслянистою влагой в те минуты, как писарь играл и ласкал Настю. А все-таки, вопреки рассудку, он был ей милее грубого, неприглядного Федьки... И не для вида, не во исполнение старого обычая плакала Настя, когда подруги водили ее в баню и расплетали ее длинную косыньку; искренни были слезы Насти, когда раздавались над нею заунывные песенки подружек. По ее осунувшемуся личику, да и по заплаканным глазам, можно было догадаться, что не с радостью сбиралась девушка под венец. Но она держала себя, как и всегда, так тихо, так спокойно, что можно было подумать, будто в ее душе спокойствие царствует, будто под безмятежной оболочкой все тишь, да гладь; да божья благодать.

Под одною же кровлей с Настей страдало другое живое существо, страдало так же искренно и от души, как и Настя. Хозяйская работница давно и страстно была влюблена в Федора Гришина, но не могла добиться взаимности и изнывала от своих напрасных желаний. Женитьба Федора окончательно подрезывала крылышки ее игривым мечтам и болезненно отдавалась в ее пылком сердце... Не так смирно, не так покорно, как Настя, склоняла свою голову Пелагея. Моя хозяйскую кадушку из-под капусты, Палаша с ненавистью прислушивалась в сенях к доносившемуся до нее пенью снизу, из квартиры столяра. Злость и бессильная ревность ее разбирали до истерического смеха, до слез... Как она лихорадочно, принужденно-весело смеялась над старушонкой, когда на ту напустилась во дворе собака и рвала ей подол! Старушонка визжала, отмахивалась клюкой от сердитого пса и, запнувшись, повалилась на груду кирпичей... А Палаша, забросив на плечо грязную тряпицу и прослонив кадушку к стене, смеялась и смеялась, стоя у окна... С попадьей-хозяйкой она поругалась за обедом из-за щей... Перетирая после обеда посуду, Палаша так; ловко стукнула миской об стол, что миска разлетелась вдребезги. Попадья излила на работницу целый поток упреков и нравоучений, а в заключение пообещала вычесть из двухрублевого Палашиного жалованья цену разбитой миски.

— Вычитайте хоть все! Берите! Мне что!.. Обижайте, обижайте! Наживайтесь сиротскими денежками... Мне что! Давайте расчет, да вот и все... Меня к Кукушкиным давно зовут... Уйду, да и кончено!.. — с жаром огрызалась Палаша. — "Вычту, вычту!".— передразнивала она попадью, увернувшуюся на ту пору за дверь. — Ишь ты! Вычитать-то больно охоча...

Раскраснелась Палаша, с остервенением вытирая кухонный стол, и ругала попадью и поповну-стрекозу; но злоба ее относилась не к столу и не к хозяевам, но к Федору и к невесте его — Настеньке, "подлой лицемерке". "Ничего и не скажет, молчит себе, ровно не ее и замуж выдают! — мысленно ругалась Палаша... — Отобью, боишься, что ли? Храни, храни свое золото..." — смеялась она, но очень дурной выходил у нее смех... Не смогла Палаша устоять от искушения — сошла-таки вечером вниз посмотреть на жениха с невестой...

— Сердечушко-то, Палаша, больно у меня тоскует! Так-то уж тоскует, что просто терпеньица не стало! — говорила шепотом своей подруге невеста, утирая глаза. — Палаша ты моя милая, что же делать-то мне?..

— Ну, ладно! Погоди, Настя! — отвечала ей подруга, едва сдерживая злую улыбку, так и просившуюся на уста.— Погоди, матка! Слюбится ужо!..

— Какое уж "слюбится"! И не говори лучше... — уныло перебила невеста.

Жених между тем, в пестрой ситцевой рубахе, в сером

31

казинетовом полукафтанье, с медным перстнем на указательном пальце правой руки, рисовался перед красными девушками, подпевал им и то и дело заигрывал с невестой. Он то щипал ее, то подставлял мимо проходившей Насте свою длинную ногу, так что Настя рисковала разбить себе нос, то задавал Насте такой вопрос, на который она не могла отвечать, то делал не темные намеки на то, на се, от чего девушки разбегались, а Настя, как невеста, должна была оставаться с ним. Так любезничал Федор.

Горка орехов да дешевых пряников лежала на деревянном блюдце; две рюмки с выбитыми краями и штоф водки стояли тут же на столе. Стол поутру был выскоблен и вымыт старательною рукой Катерины Степановны, и вообще в тот день все в каморке столяра показывало, что готовится нечто праздничное, нечто веселое; но веселья было мало. Жених отпускал свои пошлые шуточки, причем встряхивал своими светлыми волосами и хохотал так неистово, что тусклые стекла и оконницы дрожали и маленький Андрюша, не привыкший еще к дикому хохоту, боязливо прятался за сестру. А сестра неподвижно сидела в обычной позе невесты, поникнув головой и сложив руки на коленях, — и в этой трагической позе было что-то безвыходно-грустное, возмутительно-тяжелое, тяжелое до одури, до отчаяния. Эта склоненная голова, эти скрещенные руки рассказывали печальную повесть об изменивших надеждах, о страхе перед темным будущим... По временам поднималось пение — не веселее погребального...

Насте нечего делать... Поговорка: не так живи, как хочется, а как можется, — для бедных не поговорка, а закон.

Пьяный Никита храпел на лавке за перегородкой, Степановна потчевала девушек и водочкой и орешками, потчевала и Палашу. Взяла девка горсточку орешков, но ей, как и Насте, орешки не шли в горло. Приятно видеть Палаше слезы Настины, но невыносимо зато ей веселье женихово. "Ишь ржет! Горло-то разорвать бы тебе, окаянному!" — думает Палаша, и

32

ее загадочный, много говорящий взгляд впивается в Федора. А лицо жениха дышит довольством и счастьем; самым беззаботным весельем звучат его разгульные речи, его гомерический хохот, наводящий страх на Андрюшу. Любовно берет жених Настю за руку и тихо что-то шепчет ей... Настя краснеет и молча отдергивает руку... Жених целует ее... "Подавиться бы вам!" — волнуется Палаша и отворачивается от ненавистной четы: сердце ее рвется-разрывается... Похоронным напевом и для нее, как для Насти, звучат песни подружек; от нее Федора отнимают!..

Палаша ложится спать в своей кухоньке, жестка ей кажется деревянная лавка, ночное безмолвие — несносно. Не спится Палаше: свадебные песни и хохот, давным-давно смолкшие в жилище столяра, еще слышатся Палаше; они носятся вокруг нее в ночном безмолвии, не дают успокоиться ее сердцу, оттоняют от нее сон... Воспоминания далекого и близкого прошлого мечутся в ее разгоряченной голове... С детства не привыкла она к покорности и послушанию: с детства слыла она "дикою", строптивою, бедовою...

— Несдобровать нашей Палаше! — толковали про нее на деревне. — Вот те Христос, девоньки, несдобровать... Не сносить ей головушки...

И теперь только Палаша почувствовала, как строптиво, своевольно ее сердце... С таким сердцем, чувствовалось Палаше, действительно недалеко до беды! С таким неугомонным сердцем она всегда себя помнила, с таким сердцем росла она, выросла и стала взрослой. Мать оставила ее трехлетнею. Рано отогнала ее суровая бедность от родного дома и заставила мыкаться по свету. Непокойно, тревожно с самых малых лет шла жизнь Пелагеи; но домой, под соломенный отеческий кров, ее никогда не тянуло... Там сидела злая мачеха и отпугивала своевольную девочку. Своевольная девочка скорее в лес жить пойдет, волков и змей не побоится, чем останется жить с мачехой... Без сожаления и жалоб променяла Палаша пригнетенную жизнь на всем готовом на жизнь вольную, трудовую, на птичью жизнь. Четырнадцати лет оставила она в первый раз родную деревню...

"Земля-то не клином сошлась!" — думала Палаша, отбрасывая назад, с загорелого лица свои густые темные волосы и гордо смотря на дорогу, по которой шла она искать себе счастья, подобно какой-нибудь сказочной героине, отыскивающей клад или друга милого.

Ее босые загорелые ноги здоровы и сильны, сильны и ее мозолистые проворные руки. Набойчатая серая юбка спускается немного ниже колен, коротенький шугайчик в заплатах, и тесен ей, но ей пока ничего не надо: легкий холщовый мешок с обуткой да с ломтем ржаного хлеба — заброшен на спину. Никакой красы ей не надо, не надо никакого наряда; ее умные карие глазки светлы и зорки, бойко смотрят они, осененные темными ресницами; зубы — белы; со щек румянец не сходит; на щеках ямочки видны, — и все лицо весело смеется; волосами длинными и густыми хоть окутывайся, а здоровья много, много... здоровья край непочатый... На сто лет хватит!..

Родная деревня скрылась за высокою рожью; Палаша с упованием, смело взглядывает по сторонам и вперед, на пыльную дорогу,— и идет. Здоровою грудью пьет она здоровый полевой воздух и, потряхивая мешком, идет и идет... Проходит она по лугам, по полям, проходит перелесками; дикие утки в осоке по лужам плещутся; серые зайцы за кустами прячутся; зрелые ягоды краснеют в тени и на солнце; высокие ели шумят и словно ободряют смелую девочку... "Иди, ищи! Найдешь себе место! Иди, иди!" — шепчут старые, дряхлые ели... Девочка идет, идет и, наконец, в одной глухой деревушке находит себе дело... И стала она жить в батрачках по деревням; сначала ходила она в пестуньи, потом уж ее и в казачихи крестьяне брали.

Жила она и на пчельнике у старого дяди Тихона, любившего

говорить, только, со своими пчелками да с самим собою. Жила девочка с молчаливым дядей и лето и зиму в дремучем; лесу, в избушке, подобной избушке на курьих ножках. Летнею порою, поутру раным-рано и ввечеру, с пеньем птиц сливалось и звонкое пенье Палаши. Зимой, помнит Палаша, ходила она с салазками в лесную чащу за валежником; белки прыгали по деревьям и стряхали на нее снег; по ночам ветер страшно шумел по лесу, и шатал их убогую хату...

— Дядя! Волки, кажись, воют! — говорит Палаша, прислушиваясь к вою, раздающемуся вокруг лачуги.

Треск и свист носятся по лесу...

Дядя Тихон не отвечает, мычит что-то, точно прислушивается к завыванью неведомых лесных духов. Но дядя Тихон не боится духов; они добры к нему. Пчелы водятся у него хорошо; роятся и живут дружно и мирно, в любви и согласии.

Жила Палаша и в рыбацкой слободке, на берегу большой реки. В свободное время она раков ловила, красивые раковинки вытаскивала из сыпучего песку. В непогодушку помогала убирать снаряды рыбацкие и смело не раз по темным волнам сквозь дождь и ветер, вместе с отважными рыбаками, ныряла в утлой лодочке по разбушевавшейся реке. Волосы ее ветер раздувал, дождь смачивал их. Молния жгла облака, рыбаки набожно крестились, а девочка плескалась ручонкой по темным волнам и спокойно смотрела, как сердитые беляки неслись по реке, догоняя-перегоняя друг друга, сшибаясь и разбиваясь на берегу белоснежной пеной...

Потом Палаша опять жила по деревням: коров доила, нянчилась с ребятами, стригла и пасла овец, водила коней поить, целую колоду начерпывала воды из колодца; опуская бадью, она без страха склонялась над его зияющим отверстием, даже заглядывала в него на позеленелые, ослизлые срубы.

Раз, когда Палаша пасла овец на поле в версте от деревни, вдруг из-за кустов выбрели два голодные, худые волка и, сверкая глазами, залюбовались на смирных овечек. Овцы ваблеяли и заметались как угорелые; но Палаша нимало не растерялась...

— Вот я вас, серые! Я вас!.. — закричала она во все горло и погрозила своей палкой незваным гостям.

Волки поняли жест и, низко опустив хвост, направились к лесу.

После такого события репутация "смелой" упрочилась за Палашей.

Когда, бывало, вечерняя заря потухала на небе, посылая прощальный привет свой деревне, болотам и лесам, Палаша садилась на завалинку и, качая хозяйского ребенка, пела песни собственной выдумки. И чистые, ясные звуки разносились в вечернем тихом воздухе, разносились далеко по улице и замирали за околицей — над'полями и болотными трясинами, исчезавшими в тумане...

После того как Палаша впервые пошла из родного дома искать себе счастья, — восемь лет протекло, восемь длинных лет тяжелой, работящей жизни. Два года тому назад попала она в город и нанялась в работницы к отцу Василию — священнику егорьевской церкви и хозяину того дома, в низу которого уже двадцатый год проживал со своей семьей Никита Долгий. Здесь-то столкнулась Палаша с Федором Гришиным, столкнулась на беду себе, на радость искусителю и врагу рода человеческого, как говаривал потом не раз отец Василий.

Не могла заснуть Палаша в эту беспокойную ночь: не давало ей покоя ее неугомонное сердце, горевшее неудовлетворенною, напрасною страстью. На другой день после Настиных "сидин" Палаша опять ходила хмурая, сердитая и грызлась с хозяевами. Хозяева недоумевали: "Что это делается с Палашкой? Вот уж, почитай, третий день путного слова от нее не добьешься..."

Недели через две после описанных происшествий выходила

Настя на помост егорьевской церкви под руку с мужем Федором Гришиным. Сероватый летний вечер уже темнел; небо пасмурное, угрюмое встречало новобрачных; дождливые облака низко ползли над городом; низко носились стрижи; ветер слабо вздыхал, и задумчиво шептались березы вокруг церковной ограды. Так же серо и пасмурно, так же бесцветно, как небо, представлялось теперь Насте будущее... Увел ее муж на край города и ввел в подвальный этаж большого каменного дома, где жила Федюхина семья, то есть он с матерью-старухой и двумя сестрами.

Жилье состояло из одной довольно большой, но сырой и грязной комнаты, с низким, всегда мокрым потолком, с провалившимся полом, с закоптелой печью, с двумя маленькими оконцами и с дверью, отворявшеюся туго и с невыразимо жалобным воем. Через эту-то плачущую дверь, плача, вступила молодая в мужнино жилище — в чужую семью.

Мать Федора, желтая костлявая старуха, пронырливая и сварливая, считалась одною из главных кумушек в городе. Максимовна хотя и не очень часто переступала за порог своего дома, но знала все городские новости досконально. К ней ежедневно со всех сторон слетались, как воронье, всевозможные старушонки в платках и рваных черных капорах, в кацавейках и салопчиках на заячьем меху, — слетались растрепанные, долгоязычные и наносили новостей с три короба. Вся жизнь болотинских обывателей разбиралась по ниточке в подвале всеведущей Максимовны.

Старшая сестра Гришина, Меланья, старая дева, существо жесткое и сухое нравственно и физически, между своими называлась "богомолкою" за то, что во дни далекой юности ей как-то удалось пробраться в киевские пещеры... Она, впрочем, не стесняясь, уверяла всех, что корабль носил ее и в святую землю, что и она, "грешная", город Ерусалим сподобилась увидать и что она, "недостойная", ко гробу господню припадала... Бойко рассказывала богомолка о черных арапах с белыми глазами, о зверях "необыкновенных", о лесах дремучих, о песках сыпучих, о реках, бегущих вспять, и о тому подобных дивах стран далеких.

Младшая сестрица Гришина, Марфа, была дева лет двадцати пяти, толстая, жирная, немного с придурью. Глядя на ее весноватое лицо, на нос, постоянно замаранный в саже, на вечно заспанные глазки, Максимовна не раз думала: "Глупа, мать моя, глупа! Да ничего! Дуракам-то лучше..." Тяжело вздыхая, выслушивала мать глупые Марфины речи...

Любовников Марфа меняла, как дерево листья, каждую весну. В настоящее же время в качестве возлюбленного при ней состоял живший от них неподалеку повар, которому она казалась и очень привлекательною и очень умною женщиной. Каждый вечер, после барского ужина, повар являлся к Гришиным и приносил кое-какие остатки от господской трапезы — кусочек-другой жаркого, чашку соуса или несколько штучек пирожного. Повар, будучи человеком грамотным и довольно начитанным, не раз остроумно замечал Максимовне:

— Мы с вами, как Лазари бедные, крупицами питаемся...

При этом повар набивал себе в нос добрую щепотку табаку и хихикал своим дребезжащим смехом.

Его негладко выбритая борода, одутловатые щеки, его красносизый нос и лысина, окруженная редкими прядями жиденьких волос, нравились Марфе; а старуха-мать не брезгала "крупицами со стола богатого".

— Николай Михайлыч такой прекрасный человек, право! Обходительный такой, ласковой... — говорила Максимовна кумушкам, а те, точно ничего не зная, поддакивали хором...

— Человек хороший, что и говорить! — вещали хищные птицы.

Сестра же "богомолка" от угощенья хотя и не отказывалась, но за глаза сильно порочила сестру-развратницу и повара-вора. Марфа же, по своей глупости, не умела пользоваться ослеплением своего возлюбленного, и все его подарки переходили в руки матери да "богомолки".

Самого же Федора нельзя было назвать ни особенно разгульным, ни особенно развратным парнем. Правда, он пил и в пьяном виде шумел и буянил, но пил он не от великой радости, как вообще русский человек, и в буйстве особенного удовольствия не находил. Целые дни, месяцы и годы проводя в сарае на льняном заведении купца Синеусова, целые дни, месяцы и годы бродя словно в царстве теней, сам как тень, — в среде жалких, испитых и бледных, задыхаясь в душной, пыльной атмосфере, работая с утра до ночи из-за копеек, работая до боли в груди и все-таки не будучи в силах жить по-людски, Федор ожесточался и свое дурно сознаваемое ожесточение топил в вине. Понятно бы сделалось его недовольство своею судьбою тому, кто увидал бы, как Федор в тускло освещенном сарае, стоя в облаках костицы и пыли, изо дня в день крутил веревки и кашлял, кашлял до надсады. Подобный же удушливый кашель раздавался и по-другим углам обширного сарая.

Но Федор — живой человек. Вопреки злой участи, захотел он попытать своего счастья; захотелось ему, голяку, свить гнездо, пожить с женкой. Настя-то ему больно по нраву пришлась. "Квартира есть! — раздумывал Федор, намереваясь делать предложение Насте. — А где трое едят — четвертый сыт будет... дело известное! А девка-то она работящая, красивая и тихая такая..."

В такую-то семейку попала Настя прямо из церкви под вечер сероватого летнего дня...

IV

Искатели счастья

Воля всегда заманчива, но во сто крат она заманчивее для того, кому ее дают отведать и снова отнимают.

Если бы Степка с Алешкой не выходили по праздникам из своих смрадных подвалов на божий свет, то подвалы им не представлялись бы так скучны и мрачны, а божий свет не казался бы им так привлекателен и мил, как теперь, то есть когда они видали уже лучшее, нежели подвалы, и были знакомы хотя на мгновенье с жизнью на свободе. Братьям, при разных обстоятельствах, уже не раз приходила в голову одна и та же мысль — мысль освободиться из подвальной, забивавшей их жизни. Средства же к освобождению братья выискивали весьма различные, соответственно своим характерам...

Степка подобно лисице готов был на брюхе выползти из норки и осторожно, незаметно перегрызть сети, опутывавшие его. Алешка же, как волчонок, хотел одним скачком вырваться на вольный свет и разом, как ни попало, порвать веревки..

Степка, как более слабый и трусливый, естественно, должен был отвергать все те средства, которые носили на себе хотя малейший отпечаток насилия: чтобы с успехом воспользоваться теми средствами, нужна была сила, смелость, решимость, то есть — именно то, чего недоставало Степке. Но взамен силы физической и смелости лавочническая жизнь развила в Степке другие качества; другие средства указывала она Степке для освобождения. Мальчик ежедневно — сначала хотя-нехотя, а потом по собственному желанию — брал уроки в низкопоклонничестве, в притворстве и хитрости; на каждом шагу учился он пронырству и. лицемерию. Понятно, что Степке казалось гораздо безопаснее освободиться из-под

40

дядиного аршина путем хитростей и лицемерия, чем путем открытой борьбы. Со старшими Степка с виду станет обходиться почтительно, у хозяина будет ручку лизать и осторожно станет припрятывать в свою потайную копилку гроши и копеечки, а когда, наконец, из грошиков и копеечек составятся рубли, — он отойдет от обокраденного им дяди Сидора и тогда уж всласть может всех поругать... "Наплевать иа него, на старого черта! — думает Степа. — Место получше найду..." В конце же концов, после нескольких перемен хозяев, Степка сам откроет лавочку, назовется Степаном Никитичем и пустится обмеривать, обвешивать покупателей и бить по головам мальчишек... Плутовать же Степка почитает необходимостью: он уж слыхал не однажды, что "правдой не проживешь". Таким-то образом Степка будет на воле...

Алешка же, как более сильный и энергичный, как более скорый на всякую расправу, презирал все медленные средства для достижения целей и в окольных путях, превозносимых Степкою, видел только излишнюю трату дорогого времени; его горячая натура никак не могла примириться с горькою мыслью, что для того, чтобы выйти на волю, — должно целые годы, лучшие годы склоняться и терпеть. Он смеялся над планами брата, которые казались ему слишком баснословными. "В купцы угодить хочет! Ах, шут его возьми!" — думал сам про себя Алешка, с веселым удивлением прислушиваясь к хитрым речам брата-пролазы.

— Полно ты! Возьмем — убежим, да вот те и вся недолгая, — говаривал старший брат.

Он засучивал рукава своей рубахи, обнажал мускулистую руку и, хмуря брови и постукивая неистово в грудь кулаком, свирепо шипел:

— Р-р-разобью!

Степка покачивал головой и благоразумно замечал, что тише

едешь — дальше будешь, а что — если послушать его, Алешку, — так можно, пожалуй, и шею сломать. Не свои слова, но слышанные от дяди Сидора, повторял мальчуган. Хотя он и говорил таким образом, но освободиться из-под власти железного аршина и погулять на свободе ему шибко хотелось: детская живость брала-таки свое... Отважиться же самому на какой-нибудь решительный шаг сил недоставало у Степки. Вот, если бы вдруг каким-нибудь чудом, по щучьему веленью, по Степкину прошенью — унесло его из-за прилавка куда-нибудь подальше, где бы он был в безопасности, где бы его не схватили, не притащили его домой и не отодрали, это было бы очень хорошо.

За Степку давно уже думал Алешка, думал и обдумывал множество планов, более или менее грандиозных. Алешке, например, в часы досады и боли, после колотушек кума-философа думалось: как бы этак убежать на край света белого, убежать от всех этих дьяволов туда, где не обижали бы бедных ребят, не терзали бы их!.. Слыхал Алешка о каких-то морях, о китах-рыбах, о таких благословенных землях, где во веки веков зимы не бывает, где всегда лето теплое, где круглый год ягоды растут, цветут цветы, где люди только пшеничные пироги едят, да горелкою запивают... Но убежать в эту благодатную страну представлялось делом невозможным. Если бы путь был слишком опасен или долог, — Алешка бы, конечно, не остановился: по острым, режущим камням, по колючей траве, по горячим плитам, мимо всяких змеев-горынычей ушел бы Алешка в ту землю. Да в том только беда, что никто не может указать: где эта земля лежит. Алешка отбрасывал лучезарные мечты о пшеничных пирогах, о людях, не обижающих своих ближних, и останавливался на более простом и удобоисполнимом.

Однажды вечером в лавочку к дяде Сидору забрел слепой старик.

— Пожертвуйте на погорелое место! Пожертвуйте, благодетели — отцы родные! — шамкал старик.

(Лето в тот год стояло сухое, жаркое — и много лесов и деревень сгорело вокруг Болотинска, как и по всей России.)

В ту самую минуту, как взмолился старик, один сердитый покупатель, обманутый дядею Сидором, выходя, бросил медные деньги на прилавок. Деньги упали на пол и покатились.

— Ах, черт бы вас!.. — с досадой вскричал дядя Сидор, ища раскатившиеся деньги. — Пошел вон! Чего стал тут? Шляются только... Эй ты, прогони его!

Лавочник мотнул Степке головой.

— Уйду, батюшка! Уйду, родной... — смиренно шептал старик, испуганно поводя своими мутными глазами и ощупывая костылем порог.

Услужливый Степка подлетел к слепцу и, в угождение хозяину, так толкнул беднягу, что тот повалился с крыльца и своей лысой головой угодил о тротуарную тумбу. Пока старик стонал и охал, сидя в пыли на мостовой и ища свой откатившийся посох и шапку, Степка заметил, что неподалеку от лавки в тени забора стоит Алешка и молча подманивает его к себе. Степка, осторожно притворив стеклянную дверь, шмыгнул с крылечка и подбежал к брату.

— Чего ты? — спросил он.

— Побежим, Степуха! Я за тобой... — шепнул ему

Алешка, фыркая д натягивая на затылок свою зеленоватую фуражку.

— Куда?

— К бабке...

— Да как же это?! — заикнулся было младший брат, робко оглядываясь на стеклянную дверь лавочки, откуда, как ему чудилось, сурово и строго смотрело на него желтое лицо дяди и мелькал страшный железный аршин.

— А так же! — передразнил Алешка. — Убежим, да и шабаш! А ты коли боишься, так леший с тобой... Я и один пойду... Корпи за прилавком да облизывайся, а я побегаю за тебя, погуляю... Так не пойдешь, что ли? — настаивал Алешка, не давая Степке опомниться, словно бы у него под ногами земля загорелась.

Степка хотя и знал, что Алешка давно уж задумывал удрать от сапожника, но теперь он был сильно ошеломлен таким прямым предложением. Прежде Степка только подсмеивался над замыслами брата и теперь никак не мог переварить сознания того, что Алешка уже бежит, совсем готов в путь, да и его зовет с собой в дорогу... Растерянно, нерешительно смотрел застигнутый врасплох Степан совершенно различные чувства взволновали его на мгновенье, — чувства сильные до того, что он не мог двинуться ни вперед, ни назад. Его разбирала охота бежать и пугало бегство и его ужасные последствия, которые могли бы весьма неприятно отозваться на его спине. "Бежать! Ух, славно!.. Ой, страшно!"

— Ну, чего думать-то! — торопил между тем Алешка, переминаясь от нетерпения с ноги на ногу. — Я уж тебя, дурня, не выдам. Будем друг за дружку стоять.. У меня, видишь, в ногах-то воробьи... А у тебя не гвоздями ли сапоги-то прибиты?.. Да ну же!..

Степка, как существо физически слабое, всегда и прежде в мелких шалостях питавший уважение к силе и смелости брата, почувствовал в ту минуту внезапный прилив решимости и доверенности к Алешке. И Степка, в чем был, так и побежал за Алешкой попытать под защитой сильнейшего вольной жизни.

Мигом очутились беглецы за старинной городской заставой... Заставы-то, собственно говоря, и не было, а уцелели от нее только два каменные столба, от которых в ту и в другую сторону шел вокруг Болотинска высокий вал, местами осыпавшийся, — памятник времен давно минувших, тех времен, когда Болотинск занимался не одной только торговлей хлебом, пенькой и льном, но и ратовал с поляками под высшею охраною своих чудотворцев, мощи которых и до сего дня покоятся в одном из его богатейших монастырей.

Братьям было жутко на первых порах: все им казалось, что их подстерегают, что за ними гонятся пьяные сапожники, дяди Сидоры с железными аршинами. Беглецы лишь тогда успокоились и вздохнули свободно, когда за пригорками скрылись у них из вида блистающие куполы городских церквей и высокие шпили колоколен, когда они свернули с большой столбовой дороги на проселок, разулись, вскинули сапоги на плечи и пошли по полям.

В тридцати верстах от Болотинска, в селе Неурядном, жила их тетка, старшая сестра Катерины Степановны, старуха древняя, одинокая. За глаза старуха любила племянников и часто посылала им деревенских гостинцев — то пирожка с овсяной крупой, то горошку, то вяленой репы. Но когда они, бывало, с матерью являлись к ней в гости, вертелись в ее тесной избушке, галдели у нее над ухом день-деньской, подымали в хатке дым коромыслом, тогда старуха не любила их; она ворчала на ребят, обзывала их "озорниками" и вообще относилась к гостям не очень-то гостеприимно и ласково. Алешка помнил дорогу в Неурядное и, напевая свои любимые песенки, вел брата к "баушиньке", как звали они тетку. Степка хотя и не мог сразу развязаться с воспоминанием об аршине и оставленном прилавке, но все-таки невольно мало-помалу поддался приятным, беспечальным чувствам, которые на него навевались и с голубых небес, безоблачных и чистых, и с бесконечных, неоглядных полей, и с зеленых луговин, и с пахучих сосновых лесов, заманчиво синевших вдали...

Братья спокойно шли по тропинкам среди буревшей ржи. На них из-за ржи приветливо выглядывали лиловые колокольчики, синие васильки; под ногами их пестрела розовая приземистая макушка и белые цветочки "куриной слепоты". Приветливо глядело на них вечернее солнышко, подвигаясь за леса, и ветерок нежно и любовно опахивал их разгоревшиеся лица. Пенье птичье, звонкое стрекотанье кузнечиков, тысячи живых звуков носились в воздухе, напоенном ароматом цветов и трав...

На канаве братья сделали привал, отдохнули. Они уже отошли верст десять. Набрали они тут земляники и наелись ее всласть. Алешка кстати сорвал желтый цветочек дикого цикория и, дуя на него и потряхивая, трижды проговорил: "Поп, поп, поп! Выпусти собак! Барин едет, поле топчет!" Из середины цветка действительно на зов Алешки показались черные букашки и живо расползлись по лепесткам и стебельку цветка. Затем братья подошли к неширокой, быстрой речке, походили по ее обрывистому берегу, поискали стрижей в норах и, не изловив ни одного стрижа, стали купаться...

— Вода-то какая холодная! Ключевая, надо быть... Ух! Бррры... — кричал Алешка, очевидно чувствовавший себя так же хорошо, как птица, вырвавшаяся из клетки на давно желанную свободу. — Ты саженями плавать умеешь? Эй, Степуха! — спросил он брата, булькавшегося у берега.

— Не умею! — отвечал Степа и, пока брат искрещивал реку вдоль и поперек, ловил раков. — Смотри-ка! Экого я дерганул... Алеха, слышь! — крикнул Степка, показываясь над водой и держа в руке черного большого рака. Рак извивался, потягивался и конвульсивно расправлял свои клешни. Степка с громким смехом бросил его в воду. Алешка между тем на всевозможные лады показывал брату свое плавательное искусство, ныряя и плавая то на животе, то на спине.

Теплая тихая ночь застала братьев-беглецов в небольшом перелеске. Братья скинули свои дырявые кафтаны и улеглись на мягкую траву; кочка служила им подушкою, а пологом

46

склонялись над ними ветви старой ивы... Молодой бледно-зеленый ельничек, олешняк и сосны поднимались вокруг них то темными группами, то поодиночке... Степке казалось, что сосны и ели сторожат их; Алешка ощущал сильный голод и, облизываясь, мечтал о том, как он завтра славно поест у ворчливой "баушки"... Ни один листочек склонившейся над ними ивы не шевелился; не дрожал в вечернем, неподвижном воздухе даже и лист проклятой, вечно шелестящей, трясущейся осины. В густой осоке лягушка громко квакала, кузнечики отбивали свой бесконечный марш, далеконько где-то коростель от поры до времени подавал свой скрипучий голос... Искатели воли, искатели земли обетованной скоро заснули, убаюканные однообразными ночными звуками. Богатырски крепким сном заснул Алешка, бросив последний сознательный взгляд на свои дырявые сапоги, повешенные им на ивовом суку. Спокойно спал он всю ночь до солнечного восхода, до тех пор, пока холодная роса не заставила его проснуться, смочив его всклоченные волосы и рубашонку. Степка же, тревожимый снами, в которых главную роль играл железный аршин, часто пробуждался; но, видя над собою не своды душного подвала, а все то же тихое ночное небо, скоро успокоивался. Взглядывал он на далекие звезды, на бледную полосу Млечного Пути, и смыкал глаза. Но страшный дядя Сидор будил его снова, а тихое ночное небо вновь успокоивало и лесное безмолвие вновь усыпляло его. Перед самым утром приснился Степке рак. Огромный черный рак навалился на него и душил, впиваясь в него своими большущими клешнями. Степка со стоном повернулся на другой бок, проснулся и больше не засыпал...

Около полудня дошли братья до богатого села Неурядного и постучались у бабкиной избы...

— Кой тут леший! — раздался из избы хриплый старушечий голос.— Не заперто... Потяни веревку-то!.. Э-э! Соколики! Отколе вас бог несет? — брюзгливо спросила бабка, завидя своих баловников.

— Из дома, бабушка, из дома. Поклон те посылают наши! — бойко ответил Алешка.

Старуха, растягивавшая в ту пору на печке какую-то грязную мокрую тряпицу, принялась ворчать, — и было видно, что она не очень-то рада незваным гостям. Но когда Алешка, подсевши к ней, запел лазаря и поведал весьма трогательно: каким образом, почему и для чего они, "честные братаны", явились к ней; когда, наконец, Степке удалось выжать из своих серых глаз несколько слезинок, баушка мигом преобразилась. В воображении ее племянники живо нарисовались "несчастненькими", которых люди преследуют, за которыми гонятся по пятам, которых надо приютить, спасти от беды...

Большой горшок завары явился на столе, затем старуха принесла крынку молока, не снятого, а славного, густого молока; нарезала толстые ломти хлеба и ласково, нежно погладила ребят по головке.

— Перекусите, болезные! — сказала она, с сожалением взглядывая на ребят своими давно потухшими глазами. — Уж какое житье в чужих людях!.. Знамо дело! Кусочка-то, поди, с добрым словом не бросят; только, поди, и норовят: как бы в зубы...

— Ой, баушинька! Как еще бьют-то!..— с жаром подхватил Алешка, уплетая за обе щеки вкусную завару. — Намеднись выстегали, так — вот те хошь с места не встать — целую неделю нутро подводило... Хозяин-то злющий! Такого аспида поискать... А его вон по голове... — Алешка показал на брата. — Чуть до смерти, баушка, не зашиб...

— Экое зверье какое, подумаешь! Никакой жалости... Охо-хо, грехи...

Старуха разжалобилась грустною повестью Алешки чуть не до слез, вздыхала и охала...

В то время как братья искали воли и на воле счастья и лучшего житья, Настя скрепя сердце присматривалась к тем чуждым для нее людям, к которым толкнула ее судьба. Что свекровь и золовки ее терпеть не могут — это Настя заметила скоро. Да и могли ли свекровь и золовки относиться к ней доброжелательно? Решительно не могли. До появления Насти привязанность Федора, а с нею и деньги и имущество принадлежали всецело, нераздельно Максимовне и ее дочерям. Они уже давно боялись женитьбы Федора, — и вот страхи их осуществились: все худшее, чего они боялись, исполнилось: Федор женился. Теперь мать и сестры на второй план отодвинуты; теперь Насте несет Федор все, что прежде приносил своим родным. Теперь все его симпатии лежат к Насте, принадлежат бесспорно, бесповоротно ей одной, и интересы его тесно смешались с ее интересами, в ущерб интересам матери и сестер. Умри Федор, — и имущество его перейдет к его детям, к Насте, а не к матери и сестрам. Если бы Настя была любовницей, они с ней сошлись бы как-нибудь, но она законная жена. Она, значит, враг их до гроба. Положим, Федор в настоящее время — голяк; но ведь он — человек мастеровой, работящий и дело знающий; ведь он, не сегодня, так завтра, может разжиться, поскопить деньжонок малую толику. Как же им не злиться на Настю, отнявшую у них Федора со всем его имуществом, настоящим и будущим!.. Хотя Федор и до женитьбы не отличался особенною ласковостью в отношении родных, да все-таки подчас от него выпадало доброе слово. А теперь уж от него и того не добьешься. Все, все отняла бедная Настя.

Все это было передумано родственниками еще до появления молодой невестушки. Сестра-богомолка прежде всех начала свою ненависть проявлять... "Теперь уж что за житье нам будет, прости господи! — ворчала она сквозь зубы. — Грех один пойдет... Теперь уж Настька что скажет, то братец и сделает. Все по ее будет..." Максимовна тоже чувствовала, что в ее владениях новый человек завелся, человек, отдаливший от нее сына, вставший ей поперек горла, лишняя спица в колеснице начала скрипеть...

И принялись мать с дочерью старательно критиковать Настю, все ее движенья, все ее манеры, слова и поступки: не так она и капусту-то рубит, и говядину-то очень крупно крошит, не так-то она и ластовицу вставила к Федюшиной рубахе; и ходит-то она по-утиному, и глядит-то ровно пришибленная, и ничего-то в ней хорошего нет, и телом-то она не взяла, и за что только Федор взял ее, на что он позарился и т. д. Только Марфа большого внимания не обратила на свою сноху; но и она заодно с сестрой и матерью глупо хихикала исподтишка над Настей и рассказывала своему любезному с чужих слов о том, какая потешная у них Настька...

Молодая скоро подметила, что мужнины родные — ее первые, самые злющие враги. Скоро убедилась она на деле в справедливости своих предположений. Воркотня матери, часто вовсе беспричинная, косые взгляды сестры-богомолки, дурацкое зубоскальство Марфы доказывали, как дважды два — четыре, что спуску ей ие будет даваться, что под нее станут подкапываться и на каждом шагу отравлять ей жизнь — и без того тяжелую, безрадостную жизнь. Максимовна с богомолкою проведали, что за безропотное и смиренное существо их невестушка, впрягли Настю в работу и сели, как говорится, ей на шею... Они, словно сговорясь, стали гнать ее с первого же дня сожития. Сначала, разумеется, злоба их должна была удовлетворяться только насмешечками, взглядами да летучими замечаниями вроде: "Ах, какая же ты, Настасья, неповоротливая!" Дальше идти было рано: Федор, как человек еще сильно влюбленный, не дал бы ее в обиду.

— Настя! Ты у горшка край-то отбила? — спросила ее раз поутру свекровь.

— Нету! Он отбит уж и был! — отвечала Настя, смутившись. — Я горшок-то взяла, а он и вывалился...

— Поосторожнее надо! Три копейки за горшок-то заплатишь... большой такой был...— вполголоса заметила мать, зевая, как будто бы не придавала особенного значения отшибленному черепку.

— Да и горшок-то был новешенек... перед Николой только что купили... — вмешалась богомолка.

— А ну вас тут и с горшком-то! — крикнул Федор и раздражительно заискал в кармане денег. — Купи им, Настасья, завтра новый, как на рынок пойдешь...

— Ладно! — ответила Настя, а богомолка бросила на нее змеиный взгляд.

Родственники сообразили, что задевать молодуху в присутствии мужа неудобно. Зато уж когда Федор уходил на работу, Насте доставалось за все про все от любезных родственников. Стала Настя терпеть, как и прежде терпела, стала привыкать к этому семейному аду.

Но как Настя ни научилась терпеть, как ни была она покорна и смирна, но и она могла иногда возмущаться. Так, когда однажды богомолка чуть не ткнула ее носом в лохань, Настя не выдержала...

— Чего тычешь-то? Лохань-то и без того вынесу... — голосом, полным горечи и слез, заметила она своей гонительнице.

— Ишь ты! — запищала та. — Ишь фря!.. Мы ли — не мы ли! Фу да ну!..

— А ты не тычь! Вот что! — и Настя, ничего больше не говоря, вылила помои.

Вечером, воротясь с работы, Федор нашел свою молодую жену в слезах, а родных своих — в чрезвычайно смиренном расположении духа, подобном тому расположению, в каком бывает кошка, полакавшая молока прямо из крынки. Из неопределенных, отрывочных ответов Насти он только узнал, что её обидели, — и надулся. В кбмнате было тихо; мать лежала

51

на постели, богомолка смирнехонько сидела за работой у столп.

— Я знаю тебя, ехидная ты девка! — заговорил, наконец, Федор, обращаясь к старшей сестре, и обругал ее нехорошим словом.

Сестра запричитала, за нее пристала мать, — и в комнате поднялся ужаснейший вой. Максимовна жаловалась, что сын родной ее в грош не ставит, в гроб хочет свести. Богомолка вопила пуще того: брат хочет выжить ее из дома, просто им, бедным, покоя нет.

— Все-то у нас было тихо да ладно, поколе ее не принесло! — голосила она сквозь слезы и в душе клялась-божилась, что каждая ее слеза отольется Насте сторицею.

И отлилась!..

Ничем не легче стало Насте после этого вечера; пуще озлились на нее любезные родственники. Мучительно-длинны показались Насте первые три дня в чужой семье, а потом дни пошли скорее, но радости не приносили никакой, только одно горе. Горя было много. Насте словно на роду было написано с горем жить, с горем любить и в землю с горем сойти...

V

На родном пепелище

Братья-бродяги между тем жили-поживали под гостеприимным кровом жалостливой баушки. Жилось беглецам недурно. Ели и спали они вдоволь, никто их не тревожил, не гонял их туда и сюда, не помыкал ими, как собачонками. На улицу, правда, днем они не смели показываться, но зато гуляли в огороде сколько душе угодно, выбегали в поле украдкой, бродили по лесу за ягодами и за грибами; ночевали они у баушиньки на вышке, и сон их по ночам был спокоен. Всего же, более красила для них жизнь полнейшая уверенность в безопасности: их не отыщут, бабка никому не выдаст их. Жили братья и уходить не думали; бабка не думала гнать их. "Пусть поживут! Душеньку хошь отведут маленько, — думала старуха.— Ребята ведь еще... Что с них взять-то?!."

Но такого рода свобода, не признанная окружающими, воровская свобода,— со временем не стала удовлетворять братьев, как удовлетворяла она их на первых порах скитальчества. Особенно же тяготился такою свободою Алешка.

— Что за черт! Никуда не смей показаться, носа не высунь! — роптал он,

А тут на беду да на грех осень подошла; у мужиков по огородам яблоки стали наливаться и зреть; на репищах не столько было лычья, сколько репы, большой да сочной; всяких овощей в тот год уродилось много. Краснобокие кислые яблоки, сочная репа и горох явились большим искушением; братья стали пошаливать, опустошать помаленьку чужие сады и огороды. Им никто бы ничего не дал, — это братья очень хорошо знали; потому своим они могли считать только то, что взяли бы сами.

Собственники же, владельцы садов и огородов, стали беспокоиться; там у яблони сучья обломаны и яблоки околочены, там редька повыдергана, а на гороховища да на репища смотреть стало жаль.

Одна баба, идя рано поутру за водой к колодцу, увидала, как Алешка у избушки старой Ниловны дрова рубил, а брат его, сидя на крылечке под навесом, дудку себе делал из толстокожего растеньица, известного в деревне под именем бота или дидля. Пошли толки по селу о том, что к Ниловне из города племянники пришли, известные баловники и воришки. Ниловна отпиралась, уверяя, что никто к ней из города не приходил, что она ничего и знать не знает, ведать не ведает. Мало ли что могло показаться! Мало ли на нее, старуху, можно напраслины взвалить! Теперь уж братьям пришлось скрываться поаккуратнее и смотреть в оба, чтобы не попасться в ловушку. Поужинав у бабушки и забрав на целые сутки съестного, они уходили в рожь, подальше за околицу. Там, во ржи, бродяги вытоптали и выровняли для себя местечко, вбили в рыхлую пахотную землю три колышка, выдернутые из плетня, и, притащив из гуменника охапки две соломы, покрыли ею колышки и устроили таким образом шалаш, куда бы им можно было скрываться от непогоды и в ночную пору. Шалаша из-за густой, колосистой ржи не было видно...

Степка к тому времени, отведав сладость свободы, сделался значительно посмелее и развязнее. Он стал уже подманивать брата идти за репой или за яблоками и отваживался на то, о чем прежде и подумать-то боялся.

Бывало, темным августовским вечерком крадутся братья, как тени, вдоль плетней и заборов и, буквально обремененные добычей, возвращаются в свой шалаш. И весело им. Но Алешка все еще оставался недоволен своею участью и на достигнутую им "обетованную землю" посматривал, надув губы, все презрительнее и презрительнее; но, несмотря на темное недовольство и разочарование в "земле обетованной", Алешка все-таки, разумеется, по своей воле никогда бы не пошел изо ржи к куму — сапожнику. Здесь ни аршин, ни розга не угрожает братьям; их не душат, не давят подвальные своды; никакой власти, никакой удержи, — простор необъятный и воля, воля...

Смелее прежнего заблистали глаза Алешки, еще более, казалось, окрепли его мускулистые, сильные руки и здоровая грудь.

— Эко житье-то, Степа! — говаривал он брату в часы примирения с невыгоревшею волей. — А ты было на попятный хотел... Эх ты! Глядь-кось... царские палаты...

Степа лежал и с удовольствием прислушивался, как над рожью слегка ветерок проносился, наклоняя колосья, как птичка песню запевала где-то далеко, далеко.

— Зима-то ужо подойдет; земля-то подстынет, снегу навалит сугробищи, — куда мы тогда денемся? — рассуждал Степка, нежась на солнышке, и мысленно строил кислую гримасу при воспоминании о дяде Сидоре.

Степке представилась вдруг живо и ясно зима холодная, вьюги и метели, которые забушуют над снежными сугробами, над теми самыми местами, где они теперь так привольно-роскошно, так, по мнению Алешки, по-царски живут, под теплым летним небом, под защитой желтых молчаливых колосьев.

— До зимы-то еще далеко... погуляем! А там в работники наймемся, — вот те и весь сказ! — решил Алешка.

Таким образом, подобно кротам, братья весь день до сумерек скрывались в своем логовище, но лишь только над селом Неурядным сгущалась темнота, братья выходили за добычей и гуляли; бледный месяц светил им с высоты, а тень деревьев и кустов скрывала их; росистая трава не выдавала их преступных следов. Но такая кротовья жизнь стала сильно наскучать Алешке, не любившему ползать и ежиться, когда можно было бы ходить прямо, не сгибаясь. Притом и серые туманы вставали над полями все холоднее и угрюмее. Утренники бросали в дрожь бродяг; дожди и ветры разрушали их соломенный дворец, а мутное, плаксивое небо наводило уныние. Рожь бабы дожинали, — и шалаш поневоле приходилось оставить. Думали было братья на время поселиться в старой бане, но не решились: ведь в бане-то "дедушка" живет. Дедушка не любит шутить, как раз придушит...

— Нужно, брат, денег добыть да идти подальше! — сказал брату Алешка в одно прохладное утро, постукивая зубами и ежась от холода в своей плохонькой одежонке. — В работники пойдем... не пропадем!

И, вероятно, хороший работник-батрак вышел бы из Алешки. Алешка ведь не любил только сапожника, за то ремесло проклятое, за которое били его нещадно, немилосердно; от дела Алешка не бегал, он был не прочь и косить, и пахать, и жать, и молотить. Не давайте только ему, христа ради, шила, дратвы, кожи вонючей, не заставляйте сидеть его круглый год в грязных четырех стенах да не бейте его колодкой по голове.

— Не пропадем, брат, ей-богу! — с уверенностью повторил Алешка.

Степка же молча задумчиво рвал сухую, желтую траву, рвал и отбрасывал прочь. Степке, обленившемуся в лавке дяди, пришлось не по вкусу предложение брата. Брат звал его лежебоком — и по заслугам. Похмурился, похмурился Степка и все-таки согласился идти лучше в работники, чем возвратиться в лавку к дяде. Но таковое решение было им принято не потому, чтобы он предпочитал вольную трудовую жизнь жизни лавочнической, подаршинной: нет! Просто влияние сильнейшего и на этот раз взяло верх над его нерешительностью.

"Нужно денег добыть для того, чтобы уйти куда-нибудь подальше", — говорил Алешка. Следовательно, надо было что-нибудь украсть и украденное обратить в деньги. Сказано — сделано. Под навесом сарая отыскали они однажды ночью соху, сняли сошник и утащили. На другой же день ввечеру братья были пойманы на гумне, за ворохом соломы, при них же нашелся и злополучный сошник... Те же звезды, что и в первую ночь их бегства из города, теперь смотрели на них; но не с прежним чувством взглядывали на них теперь пойманные бродяги. Холодный, сырой ветер свистел вокруг риги и по полю, над пожелтевшим лугом; уныло шумел он над сухими ветлами и унылую песню напевал он теперь братьям. Распрощались братья с золотою волею.

Со слезами на глазах смотрела баушка в разбитое оконце, как увозили их в город; сухо, злобно смотрела старуха на собравшихся мужиков и на горластого старшину. Скрипя и трясясь, покатилась телега по грязной дорожке за околицу и скоро скрылась в кустах. Но не скоро успокоилась старая баушка. Хмурилась старуха; смурилось серое небо, заглядывавшее в ее тусклое оконце, заклеенное бумагой, позатыканное тряпицами...

В жилище Никиты Долгого, в жилище бедности и труда, весь день с сероватого рассвета до темной ночи пила визжит, стучит топор да раздаются от поры до времени ругательства. Приходят и уходят сердитые, грязные люди, толкуют, спорят, кричат; иногда слышатся глухие удары, удары кулака по человеческому телу, потом прорывается резкий крик, детский плач и стоны. Но визжанье пилы, стук топора все покрывают, все заглушают. Не заглушить им только глухих, слезных жалоб и законного недовольства строптивых сердец.

Никита стругает брусья для рам. Андрюшка с сухой коркой сидит на полу у печки, а кошка, сидя перед ним, умильно взглядывает на корку, зажатую в кулаке Андрюши, — и мяучит. Андрюша отламывает кусочки хлеба и бросает их кошке...

Андрюша был очень добрый ребенок. Его сердце тепло отзывалось на горе и радость всякой бессловесной твари. Горько плакал он, когда мать прищемила кошке хвост в дверях; нежно прижимал он к груди бедную кошку, нежно гладил ее по спине. Только, бывало, прилягут старшие отдохнуть после обеда, Андрюша обшарит все столы, заглянет и к старухам-соседкам, достанет пригоршню хлебных крошек, какой-нибудь крупы и отправляется на двор кормить куриц, галок, ворон и воробьев. Сбивчивы были у него понятия о правах собственности, о разграничениях "моего" и "чужого".

— Ах ты, воришка негодный! — ругнула раз Андрюшу старуха, застав его на месте преступления и с поличным в руках.— Ах ты, срамник...

Андрюша в ту минуту подымался на цыпочки и выскребал из стола сухие крошки. Он нисколько не смутился, не обиделся и понял только то, что старухе жаль крошек...

— Дюша сходит и купит тебе в бувочной сухаей! — утешал он старуху.

Курицы зато знали его и стаями бегали за ним, лишь только показывался он на дворе. Слетались к нему вороны, воробьи и галки, — и Андрюша расхаживал между ними как хозяин.

Вечером, когда Никита оканчивал раму и намеревался зашабашить, так как день приходился субботний и по церквам раздавался благовест ко всенощной, — дверь растворилась, и в ней показался полицейский. Согнувшись в три погибели, вошел служивый в жилище столяра, вполоборота оглянул Никиту и пригласил его следовать за собой в часть для получения сыновей, находившихся в бегах. Катерина Степановна, всплеснувши руками, так и замерла от удивления.

Никита натянул кафтан и отправился в часть. Свидание отца с детьми после продолжительной разлуки было не из числа тех нежных свиданий, которые заставляют зрителей проливать слезы умиления. Дома началась обычная расправа. Никита принес большой пучок розог.

Степка с первых же ударов огласил Никитино жилище громкими криками: Степка молил о пощаде и сваливал всю вину на брата. Скоро Никита бросил его. Алешке зато досталось за двоих. Кстати подошел и дядя Сидор, услыхавший о поимке братьев-беглецов, и помог Никите расправиться с сыном. Алешку привязали к лавке и драли жестоко. Андрюша дрожал от страха и тихо плакал, забившись в угол за печку. Алешка же, стиснув зубы, лежал неподвижно под розгами и не подавал ни малейшего признака раскаяния... После экзекуции Алешка, как дикий зверь, бросился на дядю Сидора, вцепился ему в бороду и вырвал из нее порядочный клок волос. Дядя взревел от боли и ужаса. Алешку опять повалили и истязали ужаснейшим образом.

— Я тебе, дьяволу, красного петуха подпущу! — голосом, дрожащим от злости, прошипел взбешенный мальчуган, вперяя в дядю Сидора взгляд, полный самой ядовитой, непримиримой ненависти. — Мошенник ты этакий! Плут... Мучитель!..

— Ой, парень, парень, уймись! Угодишь ты... Ой, угодишь! — пророческим тоном заметил дядя Сидор, покачивая головой.

VI

Бог свидетель

Вследствие возникших несогласий между Никитой и дядей Сидором, — Степка был отдан не в лавку, а в трактир под вывескою "Черного орла" в качестве мальчика. Остригли Степку в кружок, надели на него красную кумачную рубашку, нанковые полосатые штаны и научили его: как надо принимать, провожать и угощать почтенных посетителей "Черного орла", большая часть которых состояла из купчиков и купеческих приказчиков, благодаря выгодному местоположению "Орла", близости его от рынка. "Черный орел" пользовался и городе вполне заслуженною репутацией самого разухабистого, разгульного "трактира".

Жизнь в разгульном трактире на первых порах Степке не полюбилась; несносно казалось ему не иметь ни минуты никоя, ни минуты свободного времени... Но мало-помалу паренек втянулся в лихорадочно-тревожную, шумную жизнь и стал находить время для гулянья и для всякого баловства. Весь день Степка бегает, встряхивая своими вихрами, суетится, выкликивает "сейчас-с", подает, убирает и в то же время успевает незаметным образом и тарелки полизать и из рюмок остатки допить, от чего иногда Степкино "сейчас-с" кажется посетителям чрезвычайно продолжительно, и они в нетерпении случат ножами о стаканы и тарелки. Вечером, когда в потемневших коридорах "Черного орла" лампы льют свой тусклый свет, Степка дремлет на стуле, но чутко дремлет, и только лишь из залы крикнут: "Чловек! Мальц!" — Степка с растрепанными волосами, с глазами, смыкающимися от усталости, со всех ног бросается в залу. Степке только что приснилась колосистая рожь, в ней шалашик, а над рожью — безоблачная синева... Таинственное перешептыванье колосьев отдается еще у него в ушах, теплый ветерок веет еще по его заспанному лицу. А в зале попойка, хохот, грохот...

— Малец! Сюда еще графин очищенного! Живо!— орет молодой приказчик, раскрасневшийся, как рак. — Гулять, так гулять! Эх да ну! — приказчик визжит от удовольствия.

— Полохало ты этакое! Право, полохало! — замечает ему пожилой купец, потягивая чаек. — Жена молодая — полгода, как женился... ждет, поди! А он — вон...

— К лешему ее! — орет молодой гуляка, испускает какую-то дикую руладу, похожую и на конское ржание и на собачий лай, и энергически отплевывается.

В бильярдной стучат шары; в буфете звенят рюмки и стаканы.

Степка таращит глаза и не может еще в толк взять, чего требуют от него купцы.

— Водки! Водки, тебе говорят! Оглох, что ли! Дай-ка я тебе уши-то раздеру... — пьяным голосом вопит гуляка.

Степка стушевывается и через минуту является с графином на подносе. Дикий хохот, шум и гам глушат Степку.

Но Степка не только что привыкал, но даже входил во вкус этой грязной, безобразной жизни, которая изо дня в день, как страшный сон, проходила по залам и номерам "Черного орла", проходила, унося с собою, как в бездонную пропасть, человеческое здоровье и деньги, а с ними счастие и благосостояние семей. Здесь же, под кровом рокового "Орла", удалось Степке сделать первый, робкий шаг по дороге разврата. Не по дням, а по часам, как говорится в сказках, старился Степка: лицо осунулось и побледнело, глаза потускли, оттенились темными, зловещими кругами, потеряли всякое выражение, всякий смысл, и на впалых щеках выступал пятнами болезненный румянец.

Алеша между тем, подобно Степке, также не попал к своему прежнему хозяину, к любезному куму-сапожнику, но по рекомендации зятя Федора поступил на льняное, веревочное заведение купца Синеусова, где давно уже служил Гришин. Пыльная атмосфера сарая, захватывавшая дыхание и сокращавшая не по дням, а по часам человеческую жизнь на целые годы, все-таки показалась Алешке гораздо свежее и привлекательнее той затхлой, гадкой атмосферы ругани и ежеминутных колотушек, которую распространял вокруг себя, как заразу, кум-сапожник и из которой Алешка решился лучше убежать куда глаза глядят, чем оставаться под ее тлетворным дыханием. Алешка, как и все прочие его товарищи по сараю, кашлял и часто хватался за грудь... Но благодаря им каждую весну зато огромные массы льна, веревок и каната сплавлялись на барках в один из русских портов, откуда корабли уносили их в дальние страны. Ценою пота и крови приобретались миллионные барыши.

В то время как Степка зажил под крылышком "Черного орла", — различие в характере братьев обозначилось яснее. Степка выглядел немощным мальчуганом, трусливым, как заяц, блудливым, как кошка. Алешка же, хотя несколько и пожелтел от сарайной пыли, но все-таки еще являлся крепким и смелым, как черт. Женщин Алешка презирал, и если бы кто-нибудь захотел разобидеть его посильнее, то его стоило бы только обозвать "девушником": более унизительного прозвища Алешка не мог и представить. В нем, еще в ребенке, давно уже замерли, отзвучали все нежные, ребяческие струнки. Суровый и строгий, он избежал той грязи разврата и цинизма, которая с ног до головы, как проказой, облепила Степку, разъедала его молодой организм и рыла для него раннюю могилу.

Пока братаны, таким образом, сживались с своею новою участью, Никита кончил последнюю, шестую раму и отнес их покровскому дьякону. Вышло недоразумение: отец дьякон отказался от рам. Он, по его словам, заказывал рамы сосновые, а Никита ему сделал березовые. Сначала оба говорили ладно, толково, внушительно, затем расспорили и, наконец, формально поругались. Никита упрекнул отца дьякона в отступничестве от своего слова, намекнул на то, как нехорошо такие штуки выкидывать с бедными людьми, что ему бы следовало не только что самому не обижать бедных, а, напротив, еще перед другими заступаться за них. Отец дьякон, мужчина рослый и тучный, даже весь побагровел, заслышав резкую, горячую проповедь столяра, пустил густую октаву и обозвал Никиту "пьяницей" и "негодяем", который о семействе не радеет, а все только тащит в кабак. Кончилось же тем, чего именно и желал отец дьякон, то есть столяр принужден был взять в охапку свои рамы и убираться восвояси.

Несколько дней спустя Никита рядом с Покровским дьяконом стоял в камере мирового судьи. Судья, весьма благообразный господин, с умным, открытым лицом, с темною густою бородой, сидел за столом и, сморщив брови, пробегал Никитину жалобу. Над судьей на голубоватой стене висел в овальной позолоченной раме поясной портрет государя; в камере все обстояло как следует. Два писца скрипели перьями; за желтой деревянной решеткой толпился тяжущийся люд.

— Так не можете ли прийти как-нибудь к соглашению? — заметил судья, поднимая голову от бумаги и обращаясь к дьякону и столяру.

Отец дьякон с тупым удивлением свысока оглядел Никиту и сердито усмехнулся.

— Я только удивляюсь, господни судья, как это. он осмелился утруждать вашу милость!? — пробасил дьякон.

— Меня всякий может утруждать! Для того я здесь и нахожусь... — перебил его судья, роясь в бумагах. — Не в том дело... Не можете ли вот прийти к соглашению.

— Да мне что! Мне нечего с ним соглашаться! — строптиво заговорил отец дьякон. — Я, господин судья, жалею только-с, что связался с ним! Ведь его уж все знают...

— Батюшка! Отец дьякон! А отец дьякон! Перекрестись на

образ. Вон образ-то! Перекрестись, скажи...— убедительно говорил Никита, дергая слегка отца, дьякона за широкий рукав его рясы и показывая на образ, темневший в переднем углу.

— Господин судья! Не приказывайте ему меня трогать, — обиженным тоном воскликнул дьякон, с сердцем выдергивая свой рукав из рук столяра.

— Оставьте! — строго заметил судья Никите.— Вы говорите, а не трогайте...

— Так вы никаких доказательств представить не можете?— немного погодя спросил судья Никиту.

— Да как же! — начал тот, видимо, смутившись... Чего тут еще доказательства! Отец дьякон сам меня, призвал, да и говорит: "сделай, говорит, шесть рам к покрову дню, говорит, чтобы готовы были шесть рам березовых; мне, говорит, непременно нужно..." А я говорю...

— Да вы уж это рассказывали! — перебил судья, трогая свою цепь. — А еще не имеете ли чего? Нет ли у вас письменного условия, записки какой-нибудь? Нет ли, наконец, свидетелей?

— Гм! Какие тут записки! — с усмешкой возразил, столяр.— Мы и без записей обходимся, с хорошими людьми потому завсегда дело ведем... А свидетели точно что есть! Вот ихняя же работница...

Никита указал на отца дьякона.

— Федора-то? — лаконично вопросил дьякон, вполоборота взглядывая на истца.

— Прозвища-то уж я не упомню... Кажись, что Федора...— ответил тот.

— Федоры, господин судья, в то время и дома-то не было... Вот врет-то! — бойко заговорил ответчик. — Месяц уж, как она отошла от нас... Не знаю, где она теперь и есть-то... В деревню, должно быть, ушла: родные у нее там...

Последние фразы были произнесены самым небрежным, самодовольным тоном, таким, каким обыкновенно говорит ответчик, почувствовавший, что опасность уже миновала: "с нас, мол, как с гуся вода"...

— Да уж это какой свидетель... Знамо дело!.. — насмешливо заметил Никита. — А вот, ваше высокоблагородие, как перед богом: "шесть березовых рам, говорит, сделай к покрову, весной еще, говорит, закажу..." Вот тебе и закажу...

— Грех только один... — проворчал дьякон, отворачиваясь от Никиты.

— Итак, вы никаких новых доказательств не представляете? — спросил судья Никиту голосом, до того невозмутимо-спокойным и ровным, что устами его словно говорил сам бесстрастный, холодный закон.

— Нет у меня больше ничего... что тут... А вот хоть с места не встать!

Никита крестился и смотрел на образ. И не знал он, невежда, что без доказательств, по одному его слову искреннему да по божбе, — никакой судья в мире не заставит отца дьякона взять рамы и уплатить за них следуемые деньги.

Через несколько минут было объявлено, что в иске Никите Петрову отказывается. Отец дьякон, выходя из камеры, вежливо раскланялся с судьей.

— Теперь, милый человек, уж, значит, шабаш! Теперь уж с ним ничего не поделаешь? — спросил Никита у одного из писцов. (Судья на ту пору вышел закусывать.)

В ответ ему молча только головой кивнули.

Другие тяжущиеся вызывались. Никита хмуро оглянул комнату

с пола до потолка и вышел. "Эх вы, рамы мои, рамы! — думалось Никите. — Не спихнуть мне вас с рук..."

А пока Никита судился с отцом дьяконом и призывал в свидетели бога, Андрюша жаловался матери на старуху Спиридоновну.

— Мама! Хоьошо рази она это деает? — говорил внушительно Андрюша. — Ты ушла, а она на меня так посмотьела, да и говоит: что ты, Дюшка-дуак, глазки-то выпучил! Ведь не хоьошо это, мама... Я ведь не Дюшка, а Дюшенька!.. Да, мама?.. И не дуак!

Андрюша, должно заметить, несмотря на грубость и жесткость, яркая печать которых лежала на всех отношениях окружавших его людей, был чрезвычайно впечатлен и обидчив. Иное бранное слово его повергало в сильнейшее уныние, доводило до слез.

Возвратился отец и ругнул Степановну за то, что обед не готов. Степановна, разобиженная взыскательностью мужа, попрекнула его тем, что он спьяна, должно быть, действительно не вслушивался в слова отца дьякона и вместо того, чтобы сделать рамы сосновые, смастерил березовые...

— Скоро ли еще ужо возьмут их, ищи охотников! — говорила она резко. — Косяки-то оконные не во всех домах, поди, одинаковы... Не по мерке для тебя сделаны? Таковский и есть... — резко говорила она. — Не трескал бы винища-то своего проклятого, так и было бы поздоровее...

Степановна была твердо убеждена в правоте мужа, но говорила таким образом просто со зла. Подлила масла в огонь Катерина Степановна... Никита пуще заругался; жилы раздулись на его морщинистом лбу, губы дрогнули, — и он крепко хватил жену по спине своим дюжим кулаком. Началась драка... Вся избитая, Степановна убежала из дома.

Вечером, когда Степановна возвратилась домой от кумушек, к

которым бегала поведать про свое горе, про своего "изверга окаянного", опять поднялся вой, завязалась страшная брань, Андрюша весь бледнешенек сидел за печкой и трясся как в лихорадке; зубы его невольно стучали, когда который-нибудь из родителей сильнее возвышал голос... В самый разгар свалки в дверях показался хозяин дома — отец Василий. Мерного поступью приблизился почтенный человек к ругавшимся.

— Нехорошо, нехорошо, Никита, вы живете! — кротко заговорил он. — С утра до вечера у вас шум да крик: постояльцам покоя не даете. На что же это похоже! — Священник погладил, по привычке, свою бороду и строго посмотрел на своих духовных детей. — Что у вас тут такое? — продолжал он. — Что вы делите?.. Ты знаешь, Катерина, что сказано в священном писании: жена должна покоряться и уступать своему мужу, — он господин ей...

— Господин он... — прошипела жена, враждебно и искоса посматривая на Никиту.

— А муж должен снисходить к слабостям жены! — поучал священник, словно бы недослышав замечания Степановны. — Потачки давать ей не надо, но не годится и надругаться над ней. Муж должен защищать жену... А ты!..

— Она, батюшка, и сама — не промах... отгрызётся от кого хошь! — с добродушной уверенностью проворчал Никита.

— Ну, да... Ну, сказал бы слово, построже бы обошелся, а все-таки уж не так... С утра до вечера у вас брань да возня. Ведь у вас, поди, без непотребных слов дня не проходит... Грех! Большой это грех!

— Да ведь иной раз, отец Василий, удержаться не можно! Вот те Христос, не можно! — возразил Никита совершенно искренно.

— И это грех говорить! — строго перебил его священник, хмуря свои густые брови. — Как не можно! Нет, можно. Ты проси у бога смирения да согласия. Ну, что тут у вас за жизнь, подумайте-ка! вместо спокойствия только одни раздоры да свары... Нехорошо, Никита, нехорошо! Человек ты неглупый, — пойми это...

Проповедь была хорошая, да не того было надо бедным людям...

Никита слушал, на словах соглашался с проповедником, а в душе не понимал, "как можно не ругаться и не злиться, когда все-то, все-то злит тебя и раздражает..."

Степановна с умилением слушала отца Василия, вздыхала и думала: "Так-то так... грехи наши тяжкие!.. Да ведь дерётся-то, черт, больно... Леший этакий, пьяница..."

Священник ушел. Супруги поугомонились.

VII

История одного двугривенного и многих тысяч рублей

Крупными хлопьями валит снег С серого неба, покрывает подмерзшую землю, убеляет крыши домов и церквей болотинских и красиво увешивает сучья голых деревьев. Крупные хлопья снега, кружась, падают и заносят кустарники, и старые липы, и белоствольные березы в барском саду, соседнем с домом отца Василия.

Сумеречный свет скупо, словно нехотя, пробирался в конуру Никиты Долгого. Этот сумеречный свет, скупой и жалкий, хлопья снега, липшие к стеклам оконниц, завывание ветра в барском саду, а всего сильнее холодная температура собственного жилья самым чувствительным образом напоминали Никите о том, что зима подходит, что дров надо запасать, а чтобы дров запасать — нужно прежде денег добыть: в кармане же Никиты денег не водится, без ног уходят, проклятые, несмотря на то, что в кармане нет ни одной дыры. Вот Никита и стоит над своим старым станком и думает бесконечную думу о зиме, о холоде, о своем безденежье.

— Совсем-таки измерзла! — говорит Степановна, входя и крепко захлопывая мокрую, ослизлую дверь.

Сыровато-холодный, удушливый пар расходится по каморке.

— Ветер такой холодяк, просто ужасть! — рассуждает Степановна. — И снег-то валит, — света божьего не видно...

Степановна только что воротилась с реки, где целые четыре часа полоскала белье. Лицо и руки у нее посинели от холода; высокие кожаные сапоги намокли и Так крепко заскорузли на ногах, что Степановна не могла даже и снять их. "Пусть ужо пооттают маленько!" — решила она наконец, выбившись из сил от напрасных стараний стащить с ног тяжелые сапожищи.

— Чайку бы хоть напиться! — проворчал Никита.

— Вчера остатки допили! — ответила жена и, ежась от холода и сырости, отогревая дыханием руки, принялась перетаскивать застывшее белье из салазок в тепло.

Андрюша сидел у окна, завернувшись в старый отцовский полушубок, и смотрел в сад. Сквозь снег и сквозь серые сумерки сад представлялся ему страшным, холодным царством угрюмых великанов, на что-то все сердито ворчавших... Нахохлившись, сидели там вороны на скрипучих ветвях и с жалобным, беспокойным карканьем забивали головы под крылья...

Никита тоже потирал руки от холода и машинально примерял брусок к бруску...

Не вокруг уютного чайного стола с весело шипящим посредине самоваром, но сумрачно и пасмурно, также с горем и заботой встречали зиму в Федюхиной семье. И там было холодно; и там думали о деньгах...

Гришин, по причине субботнего дня, возвратился домой ранее обыкновенного и суровее, чем всегда. Таким неприступным и суровым делался он каждый раз, как подходило первое число месяца, а с ним вместе приближался и расчет заработной платы. В настоящий вечер наморщенный лоб и надутые губы ясно говорили о недовольстве.

— Вот Гаврюшке все норовят, как бы дать работу полегче!— ворчал Федор сквозь зубы. — И куделю-то ему отделяют ровную да гладкую, что твой шелк! И покладена-то она ладком, и такая-то длинная, что просто любо посмотреть! А нам таких лохмотьев кинут, такой падерины, что иной раз не проворотишь... Ровно черти всю истрепали! Толку не дашь...

Ну, обыкновенно, меньше и сделаешь — меньше и получишь... Это уж так! А подсыпь-ка я этому самому надсмотрщику, скажи: "Митрий Митрич! Так и так, мол, не угодно ли вам компанью сделать, насчет чайку, значит, пройтись... Глядишь — дело-то и пошло бы на лад... гм!.. Да...

— Куда опять Настасью-то услали? — немного погодя спросил Федор у матери, не видя в избе жены.

— Никуда не отсылали ее, родной! Сама, знать, ушла... — ответила мать так смиренно, что и подумать было бы нельзя, что это та же самая злая, сварливая старуха, которая еще недавно, по ее собственному выражению, "славно этак распушила Настьку".

Муж, разозлившийся на "пса-Гаврюшку" и на "Митрия Митрича", встретил пришедшую вскоре после того Настю целым потоком самых гнусных ругательств.

— Куда тебя леший-то носил? — орал он, — Попадешься уж ты мне под трах-тарарах... Я уж... доберусь до тебя... Я те спину-то вспишу!.. К маменьке, поди, ползала!

— Нету! — ответила Настя, едва переводя дух от усталости и волнения. — В магазин за бумагой ходила.

— Ну! — рявкнул муж с нетерпением.

— Отказал... "Больно, говорит, неисправна стала... а охотниц до гильзошного дела и без тебя, говорит, много..."

Муж опять выругал Настю. И ленива-то она, и неряшлива, и беззаботна! Ей только бы на печке лежать, сидеть сложа ручки. Радовались родные, слыша такие жесткие, вовсе несправедливые нападки; плакала Настя, но до ее слез никому не было дела. Без мужа ее заставляли работать, как ломовую лошадь, а при муже нарочно оставляли без дела, чтобы показать Федору, что за дармоедку держат они у себя.

С первого же раза, как уже сказано, в своих новых родных Настя встретила непримиримых врагов, которые с великим наслаждением высосали бы из нее последнюю каплю крови. Пока муж заступался за молодуху, молодухе жилось сносно. Но бедному, как читатель, вероятно, уже заметил, — быть добрым и любящим несравненно труднее, чем пройти толстой веревке сквозь игольное ушко. Враждебные столкновения с ближними, неудачи и обиды, которым Гришин подвергался постоянно, подобно всякому рабочему, печально отзывались и на его отношениях к жене. К тому же, словно бы на беду, Настю постигла болезнь, не скоротечная болезнь, но сулившая долгую, мучительную жизнь. Не успел еще пройти и золотой медовый месяц, как Настя захворала. Конечно, если бы полечиться, так можно бы еще захватить болезнь и не дать ей развиться; но бедным и лечиться-то нельзя. По крайней мере в Болотинске никто еще не знал такого доктора, который ездил бы и лечил бесплатно; говорить же о поступлении в общественную больницу с платою по семи рублей в месяц значило бы просто напоминать прекрасные советы гейневского доктора.

Беспомощно, не обласканная ни одним словом участия, слабела и хирела Настя, тая быстро, как снег под дуновением теплого, весеннего ветерка.

Не по душе пришлась Федору хворость жены; он уж не раз со злостью обзывал Настю "гнилою" и "кошкой ободранной". Не с прежнею горячностью заступался он за Настю и часто, не моргнув глазом, выслушивал, как при нем поносили жену самою безобразною бранью. Любовный жар его стал охладевать в той мере, как сильнее и сильнее заболевала и тощала его жена. А тут еще приговоры да разные замечания родных, делавшиеся как бы "между прочим"...

Федор дремлет, растянувшись на лавке, а мать шепотом, словно из боязни разбудить спящего, но таким шепотом, который бы дошел до слуха Федора, говорит кумушке:

— Вот, матушка ты моя, век-то и загубил свой ни за что ни про что... За полушку, за полушку, родная, сгубил себя... Сам-то молодец какой... Поглядеть — сердце радуется! А она-то!.. И месяца-то он не жил с ней... заохала да заохала, да вот и все! То есть так, голубушка ты моя, горько станет, как пораздумаешь... ужасть! Охо-хо!..

Федор не спит, все слышит: материнские злоязычные речи доходят по назначению, западают ему в душу. И Федору стало казаться, что Настька в самом деле его молодецкий век загубила. Опостылела Федору жена, опостылела вся семья, опостылел свет божий... Родные живо почуяли, что на их улице праздник выходит, и стали смелее нападать на покорную, беззащитную Настю. Сначала Федор оставался молчаливым свидетелем унижения, которому подвергалась жена, а потом и сам начал напускаться на нее. Особенно же опротивела ему Настя, когда он узнал, что, будучи в девках, она "водила амуры" с некиим писарем-усачом. Максимовна, давно уже пронюхавшая кое-что от кумушек о знакомстве Насти с писарем, о встречах их в церкви за всенощной, представила теперь сыну целую картину в самом соблазнительном духе и зажгла в Федоре дикую, бешеную ревность к больной, измученной жене.

Очень редко находили на Федора такие тихие минуты, когда он без злости вспоминал о своей прежней, скоротечной любви, когда в сердце его просыпалось сострадание и даже нечто похожее на нежность к бедной женщине.

Раз поутру свекровь страшно за что-то ругала молодуху, сестра-богомолка вторила ей. В ту самую минуту, как Федор смотрел на жену, — яркий солнечный луч весело скользнул по заплаканным глазам Насти и по ее увядшему, но все еще милому, симпатичному лицу.

— Ну, полно вам, — крикнул Федор. — Что вы, дьяволы, напустились-то на нее! Вот как возьму да хвачу... — и тут он сделал, должно быть, очень выразительный жест, потому что богомолка тотчас же прикусила язычок и смолкла...

Мать тихо ворчала, а Федор облокотился на стол и, не смотря на Настю, принялся задумчиво стучать пальцами по столу. Он посмотрел на обручальное кольцо, крепко обхватывавшее его толстый палец, и вздохнул...

Но редко находили на мастерового такие минуты, очень редко: недели, месяцы проходили, а Настя не видала от мужа ни взгляда ласкового, ни доброго слова... Теперь уж она нигде не находила себе покоя и защиты: богомолка тычет ее чем ни пошло; будит — пинает ногой; есть, дает — все кидком да броском. Марфутка глупо хихикает ей прямо в лицо; мать гоняет туда и сюда, — и Настя все сносит и через, силу исполняет приказания.

Сегодня утром Максимовна послала ее, на реку за водой.

— Жрать-то, матка, умеешь, умей и работать! — прикрикнула Максимовна на невестку, когда та осмелилась было заикнуться ей о своей немочи.

Накинула Настя ведра на коромысло и пошла, еле-еле передвигая ноги. Отойдя несколько шагов от дома, Настя остановилась и поспешила сесть в сторонке у фонарного столба; силы оставили ее. Когда несчастная поопомнилась и приподняла свою отяжелевшую голову, мимо ее проходил писарь с женой — с толстою купчихой, дебелое лицо которой было отштукатурено нелепейшим образом: над бровями лежали, как белые ленты, — полосы пудры, на носу тоже виднелось белое пятнышко, наподобие летающей снежинки, а красные и белые пятна на щеках сильно напоминали татуировку диких. Писарь, поровнявшись с Настей, отвернулся в сторону, как будто ненароком. Передохнувши, взялась Настя за ведра и пошла. От дома до реки, то есть на полуверстном расстоянии, она садилась отдыхать по крайней мере раз десять. Понятно, что она запоздала и должна была весь день терпеливо выслушивать попреки и брань любезных родственников.

Теперь, в описываемый вечер, — сидит она, вспоминает свою

74

недавнюю встречу с писарем. И такою-то тварью соблазнялась Настя! Такое-то подлое животное было предметом ее первых мечтаний, ее первых слез!

На егорьевской колокольне ударили ко всенощной, Максимовна крестилась, крестилась богомолка, крестилась и Марфа, глупо тараща глаза на передний угол, только у Насти руки отяжелели — не подымаются... Больная, поруганная, всеми оставленная, она молила только смерти у бога. "Вот и с жизнью согрешила теперь!— с горечью раздумывала она, прислушиваясь к благовесту. — Эх, да если бы смертоньку бог послал!.."

А какою, бывало, живою тревогой переполнялось ее девичье сердце, когда с егорьевской колокольни, точно так же, -как теперь, мерно гудели колокола! Положа руку на сильно бьющееся сердце, с радостью и трепетом прислушивалась она тогда к знакомым, отзывочным звукам, носившимся над городом... В вечернем звоне для нее действительно слышалось благовестне: у Егорья за всенощной писарь бывал, говаривал с ней по окончании службы и провожал ее домой. Теперь же, прислушиваясь к благовесту, только вспомнила она, что должна идти за деньгами к одному барину-благотворителю.

В Болотинске, как во всяком порядочном губернском городе, существовало благотворительное общество. Импровизированные благотворители болотинского нищенства были народ все веселый, разбитной: устраивались спектакли, концерты, лотереи аллегри и просто лотереи — и две трети вырученных денег употреблялись обыкновенно на закуску, на шампанское и вина. Одна же треть раздавалась по мелочам не тем бедным, которые в светлое Христово воскресение разговляются сухою коркою, а в будни умирают с голода,— но тем бедным, что называются приживалками-салопницами, которые всюду, где только заводится благотворительность, составляют многочисленный тунеядствующий класс самых наглых, пресмыкающихся попрошаек. Таким образом, благотворители сбирали деньги с простодушных обывателей Болотинска; филантропические желудки наполнялись вкусными яствами и вином, а бедные щелкали зубами.

Кожаные сапоги у Насти износились, подошвы поотстали, да и большой палец левой ноги выставился из сапога. Скоро морозы наступят — Насте нужно заводить обувь. Не могши ничего добиться от мужа и родных, Настя, по указанию добрых людей, обратилась к одному господину, члену благотворительного общества. Настя два раза уже ходила к благотворителю, но дома его не заставала. В последний раз ей лакей наказал прийти в субботу, в семь часов вечера. "Теперь, значит, самая пора и есть!" — подумала Настя, прислушиваясь к колокольному звону, доносимому до нее порывистым ветром.

Более часа простояла Настя в передней у члена-благотворителя, ожидая милостивой подачки и любуясь между тем на мягкий свет, разливавшийся от лампы, накрытой стеклянным матовым шаром.

Наконец вышел в переднюю письмоводитель важного лица и немного покраснел, подавая Насте — двугривенный. Бедная женщина посмотрела на серебряную монетку, повертела ее в руках и мысленно горько усмехнулась над щедрым даянием.

"Какие же сапоги я куплю на двугривенный?" — спрашивала она сама себя, сходя по лестнице, устланной ковром.

Лишь только успела она выпустить бронзовую ручку парадной двери, как снежный вихрь ослепил ее и чуть-чуть не снес с барского подъезда. Больная, усталая, пошатываясь, брела Настя по сугробам, судорожно стискивая в руке двугривенный и не чувствуя, что большой палец ее левой ноги холодеет и пронзительный ветер прохватывает ее насквозь. Зато чувствуется ей, что ветер насмешливо насвистывает ей в уши песенку о двугривенном; насмешливо, чудилось ей, посматривали на нее фонари сквозь бушевавшую по улице вьюгу...

Но нашлась же одна добрая душа — послала Насте три рубля на сапоги...

Это была одна старая вдова, женщина некогда богатая...

Более пяти тысяч осталось ей после мужа, служившего долго в приказе призрения, да своих собственных деньжонок насчитывалось у нее тысяч до трех. Капитал, по-провинциальному, имелся у нее, значит, довольно изрядный... И пришла в голову старой вдове несчастная мысль: не умствуя, буквально последовать евангельскому слову. Стала она раздавать свое имущество бедным.

— Просто претит мне пользоваться этими деньгами, как подумаешь, сколько бедноты-то на свете! — говаривала она и приводила из евангелия текст за текстом.

Рассуждения родных и знакомых о непрактичности промокались мимо ушей; денежки уплывали, и от горячего, но неосмысленного стремления получился тот печальный результат, что восемь тысяч куда-то неизвестно канули, а нищих в Болотинске не только что не уменьшилось, а даже, напротив, увеличилось, как значилось в таблице статистического комитета.

Один знакомый говорил раз вдове, что она будто бы просто из пустого в порожнее переливала.

— Почти так... — добавил он.

— Некому, батюшка, поучить-то глупую! — сказала старуха.— Жаль ведь человека... Видишь: с голоду гибнет... ну, как не помочь!

— Вы, значит, делали только то, — возразил ей собеседник, — что на ваших глазах не умирали с голода. А теперь, когда у вас у самих ничего нет, вам уж горю не помочь. А после-то вашей смерти... Да ведь, впрочем, сердце ваше в могиле кровью не станет обливаться!..

— Ну, а если бы все богатые взяли бы да роздали свое имущество? — заметила вдова. — Тогда бы, пожалуй...

Знакомый на это чересчур наивное замечание только свистнул и безнадежно пожал плечами.

— Ну, что ж! — промолвил он, усмехнувшись. — Даже и в таком случае много-много, если бы по пятиалтынному на брата досталось... Нет! Это — не то...

VIII

Старое старится, молодое валится

Прошло три месяца.

После трескучих морозов на дворе стояла оттепель; с крыш капало, дорога потемнела: сероватое небо, казалось, совсем было готово расплакаться мелким, частым дождиком...

Вечерело.

Больной Андрюша лежал на лавке; его исхудалое, матовое лицо с заострившимся носиком и светлые кудри, разметавшиеся по подушке, резко оттенялись на черной, закоптелой стене; сухие губы едва шевелились; воспаленные глаза его горели предсмертного тревогой...

— Мама! — прерывающимся, слабым голосом говорил Андрюша, высвобождая из-под дырявого одеяла свою ручонку и показывая на окно.— Там... у беьозы за поенницей... деньги... Дюшины денежки... Васе коня... Тетке Коконе — пятак... А там Насте... Бедная она!.. Тятя! У беьозы... у коявой...

Было видно, что Андрюша сильно спешит высказаться, словно предчувствуя свой близкий конец.

— Слышим, родной, слышим! — успокаивала его мать, глотая слезы и ласково гладя белокурую головку. — Никита! А Никита! — крикнула Степановна.

— Чего тебе? — спросил столяр, лежавший за перегородкой на скамье.

— Слышь, что Андрейко-то говорит, у корявой березы деньги у него запрятаны, — велит достать их! Коня, говорит, Васе купите, отдайте пятак тетке Коконе, а что останется, слышь, Насте... Бедная, говорит...

79

Андрюша с напряженным вниманием слушал мать, и когда она окончила, он вздохнул и, видимо, успокоился. Его поняли...

— Ну, что же! Вынуть деньги можно... — отозвался Никита, бывший на ту пору сильно под хмельком. — Посчитаем твои капиталы... Да ты, полно, не врешь ли, Андрюха?..

Отец недоверчиво смотрел на сына.

— Не... Дюха не врет! — прошептал Андрюша и попросил у матери испить водицы.

Никита между тем взял заступ и направился за дрова, где у самого забора росла старая, кривая береза. Разгребши вокруг дерева снег, Никита нашел между щепками и щебнем бумажный ящик из-под спичек фабрики "Гезена и Митчинсона". Тоненький ящик, вероятно, давно уже размок от сырости, потому что лишь только Никита прикоснулся к нему, как он весь развалился и содержавшиеся в нем медные деньги, звеня, раскатились по мерзлой земле. Столяр подобрал схороненный сыновний капитал и сосчитал... Насчиталось восемнадцать копеек серебром — все полушками да денежками, крупнее копейки не было монеты...

— Ох ты, куморка, куморка! — добродушно говорил пьяый столяр, входя в коммату и пошатываясь. — Восемнадцать копеек накопил... Молодчина! Да еще и завещанье делает!.. Словно умирать сбирается... Старость, знать, подошла! Экое дело!..

Столяр шутил, но не шутки и не смех были у него на уме в те минуты.

Глазки Андрюши блеснули, когда он завидел деньги. Степановна при виде "сыновних капиталов" уж решительно не мола удержаться и разревелась. Никита напрасно унимал ее... Степановна выбежала в сени и там тяжко и горько рыдала и, наплакавшись, возвратилась к изголовью умирающего сына.

Теперь скажу, кто были "Вася" и "тетка Кокона" — личности, упомянутые в завещании Андрюши. Вася, младший сын отца Василия, с которым Андрюша был очень дружен и постоянно играл в лошадки и в зайчики. Теткой же Коконой звал он одну нищенку старуху — Татьяну. С этой старухой у Андрюши дружеские отношения никогда не прерывались... Это были два существа, любившие Андрюшу и взаимно любимые им...

— Тошно, мама! — стонал Андрюша, мечась по жесткой постели. — Тятя!.. Тошно! Ох, тошнехонько...

Горячка жгла Андрюшу. Когда сумерки спустились на печальный сад, на его старые деревья, когда в сероватом небе угас последний дневной луч и на земле стемнело, горячка совсем уже сожгла Андрюшу и труп его бросила в холодные объятья бледной гостьи...

И вот — лежит Андрюша на столе, в переднем углу; светлые волосы его гладко причесаны, он наряжен в белую рубашку. Старинный образок-складенец стоит у него в головах; восковые свечи горят, горят и тускло освещают спокойное милое личико. Тонкие, исхудалые ручонки легко покоятся на впалой груди. Тихая, безмятежная улыбка не сходит с побледневших губ.

— Светик ты мой! Радость моя ненаглядная! — причитала Степановна, обливая слезами подушечку и кудрявую голову, ту самую голову, по которой она так жестоко, так немилосердно била Андрюшу при жизни.

Мать поцеловала холодный лоб своего сына, его глазки, закрытые навеки, те самые глазки, которые так часто смотрели на нее то ласково, то испуганно, то с мольбой.

Никита молча стоял у покойника в ногах и смотрел на бледное лицо, не отводя глаз, не шевелясь, словно боясь разрушить овладевшее им очарование. Хмель вышибло у Никиты из головы мигом, лишь только заслышал он громкие всхлипыванья жены: Никита заснул было так крепко-крепко...

81

"Сон что-то очень долит; гости, видно, будут!" — подумал он, засыпая. "Успокоился, успокоился голубчик наш!" — услышал Никита сквозь сон... Увидев же вместо своего любимца Андрюши похолоделый труп, Никита без стона, без вздоха тяжело опустился на лавку, запустил руки в свои седые волосы, да так и замер...

Нехорошее пробуждение! Такое отрезвление показалось слишком жестоким даже и для загрубелого Никиты... В первые минуты он сидел без определенных дум, без желании; только одно скорбное сознание болезненно-ярко выступало из хаоса обуревавших его ощущений: он потерял Андрюшу, никогда его больше не найдет он, хотя бы весь мир прошел из конца в конец, никогда не услышит его голоса, никогда маленькие ручонки не поласкают его, старика, не обовьются вокруг его загорелой морщинистой шеи. Это сознание темною тучей налегло на Никиту, приклонило низко его голову. Один-то радостный луч только и был у него, и тот погас. Глухой ропот и грешные жалобы поднялись в душе Никиты. Потом еще явилось раскаяние: так ли он заботился об этом нежном созданьице, как бы следовало? Раскаяние мучительно охватило Никиту. Оно, без огня, жгло несчастного отца. Быть может, один Андрюша, один он, добрый, любил его искренно, чистосердечно. Теперь только столяр почувствовал, какая пустота водворилась кругом него со смертью сына; теперь только сознал он ясно, как сильно он был привязан к этому безгласному, доброму существу.

"Проспал! — с горечью думал Никита. — Он, сердечный, маялся... А я зелья этого проклятого натрескался... дрыхнуть залег... и не посидел у него... в последние-то минутки не побыл с ним! Не простился... Проспал!.. Ах, чтоб..."

Напрасно Степановна дергала его за руку и изо всей мочи трясла его за плечо; Никита не шевелился и, словно пришибленный, не подавал признака жизни. Напрасно жена его усовещивала не грешить, — говорила, что "покойника

82

обмывать надоть"; Никита все-таки не шевелился и продолжал сидеть в ногах у Андрюши, точно его какая-то невидимая сила пригвоздила к старой деревянной лавке.

Наконец руки его разжались, опустились. Столяр поднялся и, не глядя на Андрюшу, вышел из избы...

Поутру следующего дня Никита, сидя на крыльце, доделывал сыну гробик. Он старательно выглаживал его стругом.

Хмурит Никита свои густые брови и вздыхает исподтишка. "Не к лучшему ли это сделалось, что умер Андрюша? — размышляет столяр. — Чего бы он еще, сердечный, натерпелся-то, может быть! Да... Не лучше ли так-то?!."

Хмурится Никита.

Ветер кружит щепки и стружки у ног Никиты, кружит и разносит их по сторонам. Кружатся стружки по улице и уносятся. Никитины думы не уносятся вместе с ними. Гроб доделан. Не додуманы думы до конца...

IX

Поцелуями помолвились

На похоронах Андрюши Палаша недуманно-негаданно столкнулась в темных сенцах с Федором Гришиным. Она бежала наверх, а тот входил в сени. Девушка впопыхах набежала на Федора, вскрикнула и отшатнулась.

— Испугались! — заметил мастеровой, с усмешкой глядя на вспыхнувшую девушку. — Приятная встреча-с! — добавил он, кланяясь.

Тусклый, брезжущий полусвет, крадучись, падал на молодую девушку из дверной щели. Словно теперь только что раскрылись у Федора глаза, и он увидал, как хороша смуглая Палаша, как пухлы ее румяные щеки, как искристы глазки, как роскошны ее глянцевитые волосы с сизоватым отливом, черные, как вороново крыло. Удивился Федор. "Где глаза-то у меня были? Куда они закатились? — спрашивал он сам себя, когда девушка уже давным-давно упорхнула по крутой лестнице наверх. — Гм! Красивая же девка, в самом деле. Правду говорит Витька..." А Виктор был извозчик, давно и безнадежно влюбленный в Палашу, — друг и приятель Федора.

В то время как Федор тайком сам себе делал признания, столь лестные для Палаши, Палаша страшно волновалась, готовя хозяйское кушанье. Полузабытые мечты и надежды ожили с новою, удвоенною силой. От одного взгляда Федора, от одной его улыбки страсть проснулась в Палаше и мигом охватила ее пожаром. Все, что слыхала она от горевавшей Степановны о житье-бытье злополучной Насти, все, что сама подмечала, заставляло ее предполагать, что Федор значительно уже поохладел к больной, хилой жене и не находил прежней сладости в любви к ней, не находил отрады и мира в семье.

Палаша чувствовала, что Федор может очутиться в ее руках, или, вернее, что она может отдаться Федору со всем увлечением долго затаенного чувства, со всем пылом страстной, цельной натуры.

Напрасно она старалась усиленным физическим трудом придавить порывы чувственности; напрасно она трудилась за двоих, за троих. Мысль о Федоре, о возможности близкого счастья, отдавалась в ее голове беспрерывно, как непрестанный, мерный стук маятника.

И у Федора из ума не шла раскрасневшаяся девушка, которая набежала на него в полутемных сенях жилища Никиты и так мило, испуганно вскрикнула и отшатнулась к стене. Черные глаза провожали всюду Федора: они мелькали перед ним в сарае, в облаках едкой пыли и костицы; они следовали за ним и в грязную харчевню и поздно вечером домой; они усыпляли его, снились ему во сне, сияя, подобно далеким звездочкам; будили его утром с первым солнечным лучом.

Через неделю после похорон Андрюши Гришин повстречался с Палашей, отправляясь на работу; Палаша спешила на рынок за провизией. Им пришлось некоторое время идти вместе. Лихо заломил Федор набекрень свою поношенную фуражку.

— Позвольте-с, я вам корзинку поподнесу! — сказал он девушке, поровнявшись с нею.

— Благодарим покорно! Не устала... — ответила, будто бы нисколько не смутившись, Палаша, но сердце ее между тем так вдруг екнуло, так застучало, словно совсем хотело выскочить или разорваться.

— Позвольте-с! — повторил услужливый кавалер, отбирая от Палаши корзинку с торчавшим в ней бураком. — Ведь мы с вами уж давно знакомы...

— Да... знакомы... — проговорила Палаша, и безумнострастный, ревниво-любящий взгляд скользнул по Федору из-под густых полуопущенных ресниц.

Они на ту пору шли по рынку между выставленными на продажу возами сена и соломы, в густой толпе толкавшихся и кричавших мужиков, мимо лавок, мимо мелочных торговцев, сидевших там и сям с коробушками и лотками, мимо извозчичьей биржи... На торговой площади, неподалеку от общественных весов, возвышался эшафот. Мрачною тенью рисовался на фоне тусклых, серых небес черный столб — угрюмый свидетель позора многих давно отживших и живых людей; живое море голов двигалось и волновалось вокруг эшафота.

Палаша вздрогнула, завидев черный столб и услышав вдали глухой барабанный бой; неприятное ощущение охватило ее, как говорится, до мозга костей. "Брр! — подумалось ей. — Как холодно и страшно стоять на этом высоком помосте, окруженном толпами народа!" Палаша, кажется, никогда ничего бы не сделала такого, за что бы ее потащили к роковому столбу. Какой ужас, какой стыд должна испытать та несчастная, которую привязывают к этому столбу. И Палаша чистосердечно удивлялась тому, как люди не могут воздержаться и доводят себя и других до несчастья, позорят себя. Мало ли, например, наказывают женщин за воровство, за поджоги, за убийства! "Изверги!" — думала она.

Все это быстро промелькнуло в голове Палаши.

— Наказывать кого-нибудь, значит, будут сегодня, — заметил Федор, протискиваясь в толпе с Палашей и с удовольствием заглядывая на ее личико, которое не то от ходьбы, не то от мороза горело ярким румянцем.

Хорошенькая шубейка ловко стягивала ее тонкий, стройный стан. Из-под большого клетчатого платка выбивалась черная прядь волос, — ветер играл ею, то задувая ее назад, то бросая снова на лицо.

— Ведь ныне не наказывают... только читают!— сказала Палаша.

Федор согласился.

— Стегать ныне запрещено! — пояснил он.

Раз встретилась Палаша с Федором таким образом, а встретиться в другой раз было уж легче, и стало как-то приходиться все так, что Палаша чуть ли не каждый день, идя на рынок, встречала Федора и шла с ним. О чем говорили они — знать никому, кроме их, неинтересно. Важны же были эти отрывочные, пустые разговоры потому, что они сближали молодых людей, для которых они, эти пустые разговоры, имели и интерес, и особый смысл, и большое значение.

Федор скоро поддался любовному влечению. И неудавшаяся семейная жизнь, и сравнение Палаши с Настей, невыгодное для последней, так как от прежней цветущей Насти остались только кости да кожа, — все, одним словом, располагало Федора искать утехи на стороне. Найдя же утеху в образе хорошенькой молодой девушки, влюбленной к тому же в него по уши, он не мог выпустить ее добровольно из своих лап и схватился за нее крепко. Мысленно строил он самодовольную улыбку, подсмеивался над бесплодными ухаживаниями извозчика и мысленно с торжествующим, сияющим лицом говорил уже ему:

— Твоя кралечка-то писаная, на которой ты жениться хотел, красавица-то твоя Палаша сама ко мне пришла, сама...

Он уж мысленно рисовался перед обезоруженным приятелем, смеялся ему в лицо и, встряхивая своими длинными волосами, с двусмысленной ужимкой описывал ему Палашины прелести самыми радужными красками.

Как душа прямая и открытая, Палаша никак не могла подумать, что в исканиях Федора было больше пустого самолюбия, чем искренней любви, больше было прихоти и каприза, чем честной привязанности к полюбившей его женщине, которая в своем самоотвержении ни на чем бы не остановилась, лишь бы только сделать приятное своему любимцу. Палаша думала, что и Федор, подобно ей, отдастся ей и телом и душой, отдастся весь, в настоящем и будущем, со всеми желаньями и, мечтами, со всеми радостями, и печалями, какие только могут встретиться им на неровном пути. Распаленное страстью воображение не давало задуматься ей о том, какую опасную игру затевает она. Сомненьям не отводилось места. Будущее ее, вовсе не тревожило. Она в своем безумии все окрашивала в восхитительный, нежнорозовый цвет.

Ночью, бывало, когда Палаша оставалась одна в своей кухне, кровь закипала в ней сильнее, и обольстительный, чарующий образ все ярче и светлее рисовался, перед нею во мраке ночи. Судорожно и крепко прижимала тогда бедняжка руки к своей трепещущей груди.

— Милый, милый! — шепчет она, бывало, ломая руки.

В эти минуты для нее не существовало ни людского мнения, ни суждений, ни закона, ни кары, никаких страхов, ничего и, никого, кроме Федора и ее любви к нему. До двадцатой весны дожила Палаша, и никогда еще не приходилось ей испытывать ни стольких мук, ни стольких радостей.

Федор же, помышляя о Палаше, как о лакомом кусочке, с чувством потирал себе руки.

Наконец мечты Палаши сбывались: Федор отбит от своей чахлой жены; Федор льнет к ней, нашептывает ей любовные речи и так крепко и нежно целует ее. А она грустна...

Ее лицо, незадолго пылавшее, побледнело, и она, сидя в гостинице "Доброй надежды", теперь поминутно вздрагивает при каждом стуке дверей и уныло, задумчиво прислушивается к слезливым звукам органа, наигрывающего "Среди долины ровныя". Она сама певала прежде эту песенку, и теперь знакомые, протяжно-заунывные звуки напомнили ей, что между близким прошлым и настоящим вдруг залегла глубокая и широкая пропасть... Ведь Федор теперь — её. Отчего же так бледнеет и вздрагивает Палаша, достигнув давно желанного счастья?..

Дикий страх напал на нее. Бесстрашная, смелая Палаша устрашилась самой себя. Она, одна проходившая с палкой в руке дремучие леса, она, скользившая бестрепетно в легком челноке по разъяренным волнам, теперь трепетала... Люди, людское мнение, осуждения, печальные следствия "незаконной любви", речи девушек об "изменщиках", о неверных друзьях, словом, все то, что в своем безумном ослеплении Палаша глубоко, упорно презирала, теперь встало перед нею, вдруг грозно поднялось, как зловещий призрак грядущих бедствий...

Палаша плачет и закрывает лицо руками. Много любила она. Неужели ей ничто не простится?

А хриплый орган без удержу, безутешно стонет и стонет...

X

Беда одна не сводит

Народ, обитавший в Болотинске, был добрый народ, простой и, в своей душевной простоте, считавший тифозную горячку такою неумолимою гостьей, от которой ни крестом, ни пестом нельзя отделаться. Вероятно, на основании этого-то предположения и не принималось в этой ленивой стороне никаких мер к изгнанию злокачественной болезни.

— Ужо сама поуходится! — толковали болотинцы.

Тифозная горячка, с своей стороны, видно, к несчастью, догадалась, что попала в гостеприимный, радушный уголок, в котором может похозяйничать по-свойски. Мигом целые деревни в окрестностях Болотинска свалила она с ног; ни старый, ни малый не ушел от ее жгучих объятий. Мужики по большей части лечились сами теми "средствиями", какие бог на душу положит; иные же, похитрее, обращались за помощью к барам, а бары, сами ничего не смысля, с патриархальным добродушием давали заболевавшим мяты, липового цвета да приказывали ставить горчичники, причем снабжали и мудрыми советами меньше есть, есть пищу легкую, беречься холода и т. д. Из города хотели было "дохтура" прислать, единственно для проформы, ибо одному доктору с сотнями отчаянно больных делать нечего, да так, впрочем, и не прислали по причине болезни другого городского врача. Таким образом, вопреки известной народной поговорке случилось, что семеро ждали одного. По деревням между тем в ожидании "дохтура" люди валились, как мухи, и очень многие отправлялись даже прямо на погост.

Из деревень горячка перебралась и в самый Болотинск, так как слошения по базарным дням между городом и деревнями не прекращались и полубольные и заболевавшие мужики возили на продажу сено и хлеб для выручки оброчных денег, а вместе с своими сельскохозяйственными продуктами разводили и тиф... Скоро горячка битком набила полуживыми трупами смрадную болотинокую больницу и дома бедных, а вскоре после масленицы она уже свирепствовала в Болотинске, не разбирая ни бедного, ни богатого.

В числе первых жертв тифа оказался Андрюша, а за ним заболела и Катерина Степановна. Она разболевалась все сильнее и сильнее и то печалилась, что работа у нее остановилась в прибыльное время, то грустила о том,, что "смертонька, видно, подходит", то жаловалась, что бог "кончинушки" не посылает ей, а ошеломленный Никита утешал ее, как мог.

— Ужо, погоди! Полегчает! — говорил он.

Но теперь больная Степановна во стократ была счастливее своего здорового мужа; по крайней мере для нее выпадали порой такие блаженные минуты, такие чудесные, золотые сны грезились ей наяву, каких прачка в действительной жизни не переживала еще никогда. Горячка дарила ей успокоение, забвенье всех бед, всех страданий. Она давала Степановне вкушать той райски-сладостной жизни, лучезарный идеал которой постоянно носился в каких-то седых туманах перед ее глазами, но к осуществлению которого не дерзала она приступать даже в мечтах.

Иногда казалось Степановне, что она живет не в грязном низу поповского дома, а в чистых, высоких комнатах. Божий свет не пробирается, как тать, сквозь щели и позамазанные бумагой оконцы, но весело и ровно заливает комнаты. И освещает он не дымную лачугу, не пыль, паутины и сор, а опрятные покои с здоровым, вольным воздухом и с чистыми стенами, без копоти и тараканов. Никита ходит такой добрый, одет чистенько и даже причесан; Настя такая хорошенькая, бог с ней, бегает да песенки распевает беззаботно-весело: Степка с Алешей что-то работают в другой комнате; Андрюша живой, смеющийся, на скамеечке верхом сидит, стегает ее, понукает, — скамеечка ни с места! У дверей рогожа постлана, по полу протянуты чистые половики. Над лоханью висит рукомойник — не с отбитым горлышком, а целый и совершенно новенький. На столе стоит большой самовар — да такой светлый, блестящий. Самовар кипит, теплый пар валит из него. Степановна чай заваривает и семьян поит. В комнате тепло: ни с пола, ни от окон не дует. Хлеба, молока, всякого кушанья — сколько хочешь; одежи также много... Так пожить давно уж хотелось Катерине Степановне.

Заманчивыми виденьями — все на одну и ту же тему, только с различными вариациями — счастливила горячка бедную женщину. Переход к действительности от таких сладких грез наяву не мог, конечно, показаться больной особенно приятным.

По истечении месяца, вследствие болезни жены, финансы Долгого, никогда и прежде не процветавшие, пришли в такое печальное состояние, что Долгий крепко-крепко призадумался и чаще прежнего принялся чесать себе затылок. Именно, беда одна не ходит, но всегда или по большей части водит за собой целую гурьбу разных бед, больших и малых.

О радости я не слыхал, чтобы говорили то же самое...

Не успели еще Андрюшу землей засыпать, жена заболела. У Никиты же, как быть, на ту пору выпало горе-горькое времечко, — работы не перепадало, а с нею, следовательно, не перепадало и денег в карман столяра.

Недаром вот уж который день с утра до вечера, на заборе в барском саду сидит черный ворон и каркает, внимательно глядючи в оконцы Никитинова жилища, словно дожидаясь поживы. Напрасно уже несколько раз Никита, выведенный из терпения дикими криками, пускал каменьем в ненавистного ворона. Ворон улетал и вновь прилетал, садился на старый забор и каркал. В его зловещем образе, чудилось Никите, налетело черное горе на его семью.

— Покаркаешь ты у меня, проклятый! — сквозь зубы ворчал столяр и стучал по стеклу кулаком, надеясь стуком спугнуть ненавистного соседа.

В продолжении болезни Катерины Степановны много перебывало в Никитиной каморке всякого народа, родных и знакомых... Больную приходили навещать.

Приходила Настя, едва ноги волочившая, и жаловалась на мужа, на его роденьку, на свое житье.

— Ходить моченьки нету! — говорила она. — Все косточки разломило... А тоже везде посылают, да и корят еще, что даром их хлеб заедаю. Все-то меня тычут... Ни от кого-то доброго словечка не дождешься... Моченьки моей больше нету!..

Столяр хмурился и в душе проклинал зятя, доведшего Настю до такого жалости достойного состояния. Точил столяр зубы и на Настину свекровь, на ягу-бабу Максимовну, на ехидную, золовку-богомолку, на дурищу Марфушку. "Слезы инда прошибают, как я погляжу на нее, сердечную! — тяжело вздыхая, думает Никита, ловя печальный взгляд заплаканных глаз дочери. — А он муж... Да какой он, разбойник, — муж! Душегубец он!.."

Приходила однажды навестить больную знакомая гильзошница, женщина тоже бедная, как и Степановна, вдова с большой семьей на руках. Семья, впрочем, ее уже скоро в могилу уложит. Вдова очень нехорошо кашляет, и невеселый румянец часто выступает на ее пожелтелых щеках. Глаза, ее, когда-то давно приятные и живые, впали так глубоко, что иногда казалось, будто бы они смотрят откуда-то издалека, совсем уж из другого, неведомого мира, до которого не доходит ни одного отголоска страстей и треволнений мира земного. После нее останутся детки... Детки без кормила и весла поплывут по мутным волнам житейского моря... Но кому и что за дело до того, что бури размечут, разобьют этих маленьких пловцов, когда на этих волнах гибнут без счета большие корабли!

— Вот, голубушка, шестой год пошел, как на Петрова-то работаю,— жаловалась вдова.— А копеечки еще не уступал николи... Этого вот от него не видала! — Рассказчица показала на кончик мизинца. — Сашутку-то мою добрые люди взялись учить даром, ну и слава богу! Времени-то слободного хошь у нас и не оченно много, — она ведь у меня мундштуки в папиросы вставляет... Ну да, матушка, то думаю! всё хошь не дурой останется... И то иной раз пораздумаешься...

Горячая слеза скатилась по щеке вдовы, упала ей на руку; скатилась и другая на рукав ее поношенного шугая.

— Ну, никто, как бог! — одобрительно заметила Степановна, ворочаясь на своем жестком ложе.

— Ну, да. Так вот, матушка, о Петрове-то я заговорила...— продолжала, рассказчица, утирая слезы. — Прихожу третьего дня, — надо быть, в магазин к нему, — гильзы носила, тысяч пяток этак было... Грифелек, говорю, позвольте! (Сашутка прошала: ей надоть цифирь писать... Доску-то аспидную уж добрые люди дали...) Так как бы ты, Степановна, думала? — спросила вдова, вдруг оживившись; глаза блеснули как-то странно из глубоких впадин, и чахоточный румянец лихорадочно заиграл на ее исхудалых щеках. — В счет-таки поставил, из платы, значит, вычтет! А и грифелек-то весь — тьфу! грош стоит медный! А кровь-то он нашу пьет, того не подумает...

Вдова закашлялась, закашлялась и с кашлем побрела домой.

Приходил сын егорьевского пономаря — юноша лет двадцати двух, маленького роста, с жиденькими льняными волосами, тощенький, горбатый, но с умным, выразительным лицом, на котором трудовые, бессонные ночи уже оставили свою яркую печать. Говорил он тихим голосом и сильно размахивая своими длинными руками.

— Каково живешь, Петр Семеныч?— спрашивал Никита, очищая для гостя местечко на лавке между всякою рухлядью и своим столярным "инструментом".

— Плохо, брат, живется! Да и кому нынче хорошо-то живется! — отвечал семинарист.

— Богатым хорошо, обыкновенное дело! — пояснил столяр.

— Гм! Ну, тоже всяко... Подумать еще и об этом надо! — с расстановкой, как бы недоговаривая, проворчал гость себе под нос.

— Ты ведь, Петр Семеныч, в бурсе-то покончил? — спроси после непродолжительной паузы хозяин.

— Кончил... Да с окончаньем-то согрешил совсем! — нехотя отозвался Петр Семеныч. — Места нигде не могу найти... Из духовного-то ведь я вышел... места себе все искал... Матери-то жаль, а то бы я...

Гость задумался.

— А то-то место, про которое давно-то говорил? — заметил Никита.

— Гм! Ухнуло, брат. Нигде мне места нет, злодею этакому...

— А тятенька что? Здоров? — спросил немного погодя Никита.

— Пьет все... — был лаконический ответ.

Приходил и Никитин кум Федотыч, отставной лакей, побывавший и в Петербурге и Москве, прежний дворовый, вольноотпущенный, человек с жирным, маслянистым лицом, с толстым брюхом и с медной цепочкой на лоснящемся жилете.

— Что уж нынче за порядки такие пошли!— роптал Федотыч, пыхтя и одергивая галстук на своей бычачьей шее.— Просто нам теперь никакого хода нет... Согрешили, грешные! Столько нынче вольных стало — беда! Прежде мы и в лакеях, и в швейцарах, и так по дому были... А теперь уж не-е-ет!.. Шалишь!..

— Отчего же? — заметил Никита.

— Эх, кум! Народу-то стало больно много... Все мест ищут... Народ тоже тертый, битый,— копейками доволен... А мы, по их милости, хоть с голода умирай... Ну, скажи, кум, по совести — дело ли это? Дело ли?

— С голоду-то умирать? — переспросил Никита. — Известно, не дело...

Федотыч роспил с Никитой косушку водки и ушел...

Заходил в Никитино жилище отставной солдат, дальний родственник Катерины Степановны. Служивый был человек уже пожилой, с длинными с проседью усами, с негладко выбритой бородой и в кепи с засаленным кантом. Солдат тоже жаловался.

— Сродственники-то все примерли... — говорил он, обращаясь к Степановне. — Головы приклонить некуда... А ноги-то болят, покоя просят, — потому жизнь была бродячая. Перед непогодой, братцы мои, иногда так заноют — просто хоть вой. Вот те Христос...

Солдат посмотрел на образ. Покурил он свою трубочку-носогрейку, выколотил ее о каблук своего длинного сапога и тоже ушел...

Хотя черный ворон и весьма настойчиво каркал в барском саду, глядя в оконцы Никитинова жилья, но Степановна не умерла, а мало-помалу стала поправляться. Аппетит, наконец, явился...

— Никита! Хлебушка бы мне? — раз под вечер слабым голосом попросила больная.

— Вчерась последнюю краюху доел!— угрюмо отозвался столяр.

— А купить!.. — робко заметила жена, чуя, что дело не совсем-то ладно.

— Купила-то у меня нет... А у тебя есть, что ли? Есть, так давай! Купим: лавочка-то не на краю света... — резко проговорил Никита, словно сердясь на то, что жена после шестинедельной строгой диеты вдруг есть захотела.

— Сходил бы к Саниным, они мне еще тридцать копеек должны остались за последнюю стирку... — немного погодя сказала Степановна заискивающим тоном.

— Ну, вот! Давно бы так... — успокоившись, проворчал Никита.

Морщины его поразгладились, и глаза глянули вперед посмелее.

Разогорченным возвратился столяр от Саниных; морщины опять заволокли его лоб, и глаза сердито и недоброжелательно смотрели из-под густых нависших бровей.

Госпожа Санина отказала, тридцати копеек не отдала и объявила, что такому пьянице, как Никита, она не решится дать и копейки медной.

— Утюг разве продать? — предложил столяр.

— Продай!..

Но время было уже позднее, час одиннадцатый вечера. Утюг не продался, и супругам пришлось проводить ночь голодом, ворочаясь на постели и напрасно отбиваясь от докучных, невеселых дум.

Никита более месяца сидел без работы; Степановна еще не

могла по слабости приняться за стирку. Пришлось поэтому перебиваться кое-как со дня на день, закладывая за сущую безделицу и продавая за полцены всякую рухлядь и более или менее необходимую домашнюю утварь. Были проданы за гривенник сбереженные Степановной кости; были проданы два бельевые валька; в виду приближавшейся весны овчинный тулуп Никиты был отнесен в заклад; люлька, в которой качались все Никитины дети, также была сбыта в той отрадной для бедняка надежде, что качать в ней больше никого не придется. Болезнь Степановны, таким образом, весьма гибельно отразилась на немудром механизме и без того уж убогого хозяйства. Безденежье и вследствие того пасмурное настроение Никиты не могло, конечно, действовать ободрительно на выздоравливавшую женщину. Но Катерина Степановна понемногу все-таки выздоравливала.

"В минуту жизни трудную" обращался было раз столяр за помощью к дяде Сидору, обращался нехотя, скрепя сердце, так как канючить у ближних он сильно не любил...

— Пожалел бы ты хоть нас... Ведь тебя три рубля-то не разорят! — говорил Никита таким требовательным и вовсе уж не просительным тоном, который Сидору Панкратьеву ни в каком случае не мог понравиться. — Бог заплатит тебе... .

Услышав, что, вместо всяких расписок, и закладов, Никита берет в поручители бога, лавочник подозрительно, оглянул, хмурого столяра и наотрез объявил, что "денег у него не так много, чтобы он мог по три рубля на ветер бросать".

Никита мысленно пожелал дяде; Сидору подавиться, его проклятыми пятаками' и копейками и пришел к жене, как и ушел, без денег.

— Разжирел! — заметила Степановна в ответ на донесение Никиты о том, как изволил прихилиться ее любезнейший братец.

Собравшись, наконец, с силами и поправившись настолько, что могла идти, Катерина Степановна побрела в церковь.

На ту пору шла вечерня. Народа в церкви было мало. Несколько коленопреклоненных и жалостливо покачивавших головами старушонок вымаливали себе у бога "кончины безболезненной и мирной", да еще "доброго ответа на страшном судище Христовом"; им более не о чем было молиться... В одном из приделов стояли две барышни и весело шушукались о предстоявшем говенье, об исповеди, о белых платьях голубыми кушаками, в которых они пойдут к святому причастию. Впереди, у правого клироса, стоял барин, — старик седой, высокий — и вполголоса, страшно фальшивя на каждой ноте, подтягивал охрипшему дьячку. Степановна пришла молиться, но молитвы ее как-то странно и страшно перемешивались с разными суетными помыслами.

"Для чего я выздоровела? — спрашивала она в недоумении сама себя, отвешивая между тем низкие земные поклоны. — Для чего? Или для того, чтобы опять заболеть, да и болеть — хиреть изо дня в день, в тяготу самой себе быть да другим только мешать!.." Даже и более греховные, преступные мысли, бог весть какими путями, прокрадывались к ней в больную голову. Пуще огня боялась их Степановна; но напрасно она открещивалась и отмаливалась от наваждения дьявольского; мысли, ее пугавшие, не отлетали. Страшный призрак нужды, призрак денег, мучивший ее постоянно, не оставлял Степановну ни на шаг и в храме божием.

Странно как-то взглядывала бедная женщина на богатый иконостас, на серебряные оклады икон, на позолоченные венчики, на блестящие жемчужные привески, на тяжелые медные подсвечники, на хрусталь огромной люстры, спускавшейся с потолка. Взглянула она раз, другой, и вдруг взор ее помрачился; в невыразимом ужасе опустилась она на колени, пала ниц. Все ее слабое, худенькое тело конвульсивно вздрагивало. Ей чудилось, что темные лики гневно и грозно взирали на нее с высоты иконостаса. И в припадке отчаяния, близко граничившего с безумием, она проклинала себя, грехи свои, свои окаянные мысли, — и крепко-крепко стукалась головой о каменный пол, судорожно прижимая скрещенные пальцы правой руки то ко лбу, то к своей наболевшей груди.

Под церковными сводами ложились вечерние тени, сгущались и заливали храм. Несколько восковых свечей там и сям мерцали перед темневшим иконостасом. Глаза Степановны, лихорадочно блестевшие, то дико блуждали по слабо озаренным иконам, тонувшим в полумраке, то перебегали к красному, трепетному пламени догоравших свечей. Степановна силилась отрешиться от всего земного и предаться небесному. Но напрасно! К земле она прикована несокрушимыми цепями; земля ее держит и не выпускает из своих мощных лап.

— Недостойная, я! Недостойная!— с глубоким сердечным сокрушением шепчет Степановна, прижимаясь пылающим лбом к холодным церковным плитам. — Прости мне, господи, если что согрешила словом, делом, ведением и неведением.

Вечерня уже кончилась. Отец Василий молился перед задернутыми завесой царскими вратами и испрашивал у бога духа "смиренномудрия" и "терпения". Степановна тоже просила духа терпения: много терпения ей было надо...

Мерною поступью вышел из церкви барин; щебеча и смеясь, упорхнули барышни из-под мрачных церковных сводов на свежий, весенний воздух; кряхтя и охая, поплелись старушки... За ними побрела и наша богомольщица...

XI

Всему виной — весна

Приближался светлый праздник весны, праздник солнца, тепла и цветов. На высоких местах по полям и лугам вокруг города уже темнели проталины, из-под снега выступала прошлогодняя зелень, растрескивались ивовые почки, и жаворонок по утрам пел громко и звонко.

Снег на улицах Болотинска таял и, превращаясь в мутную воду, образовывал, к удовольствию дворовых уток и мальчишек, стоячие грязные лужи или тек ручейками в придорожные канавы, роя и портя мостовую. Грязи, сказать кстати, в Болотинске было много: снег с дворов и улиц никогда не свозился; клоак не существовало и даже существовавшие канавки не прочищались и заплывали. Добродушные болотинские обыватели держались того убеждения, что солнце сгонит снег и высушит грязь без всякой человеческой помощи. Это убеждение, как всякое вообще убеждение, основанное на вековом опыте, не подвергалось, повидимому, ни малейшему сомнению ни со стороны жителей, ни со стороны полицейской власти... Итак, приближалась пора грязи.

У Егорья отблаговестили уже к вечерне.

Настя, сидя на верхней ступеньке крыльца, дошивала мужу рубашку и не заглядывалась ни на небо, ни на землю. А вокруг нее между тем все ликовало, все жило. Над ее склоненною головой тихо плыли по небу легкие беловатые облака, не темня ни сияющей лазури, ни солнца; теплый юго-восточный ветер опахивал ее тою живительною свежестью, которая знаменует собою весну. Вороны с оглушительным криком хлопотали в барском запущенном саду над поправкой своих гнезд, порастрепанных сердитыми осенними ветрами; воробьи целыми стаями беспокойно порхали по тонким жердочкам забора и немолчно чирикали.

Не с таким, бывало, равнодушием относилась Настя к весенней сияющей лазури, к скользившим по ней облакам. Во дни оны с тревогой ожиданья оглядывалась Настя вокруг себя: эти легкие, светлые облака вели для нее за собою длинную вереницу прекрасных летних дней и благоухающих почек; они вели для нее за собою что-то новое, неведомое, что-то отрадное, на что она смутно надеялась, что неясно, настойчиво, томительно ждала. Невольно Настя закрывала тогда глаза рукою, и ей представлялась чудная, сверкающая даль, окрашенная в прелестный, нежнорозовый цвет, подобный тому, каким расцвечены были края проносившихся над нею облаков. Прежде, бывало, играючи, взглядывала она из-под руки на яркое солнце и весело смеялась, когда в глазах у нее вдруг темнело и в темноте расходились какие-то разноцветные, переливчатые круги, а по щекам катились слезы. Тогда Настя смеялась... Отрадно бывало ей, когда опахивал ее свежий весенний ветерок: он ласково-любовно перебирал ее распустившиеся волосы и словно вдыхал в нее свежесть и бодрость, вдыхал здоровые силы, мечты и надежды...

Теперь солнце светило не для нее, не для нее его золотистый свет заливал землю и даже скрашивал самую грязь и мутные лужи... И Насте даже чудилось, что ее ласкает теперь не тот же, что прежде, — теплый ветерок, а какой-то совсем другой, неприятно-сырой, неприятно-холодный, обдающий запахом могил и тленья... Мечтанья и надежды давно сложили свои отяжелевшие крылья, — и признаков жизни не подают. С безутешной тоской теперь Настя прислушивается к вновь пробуждающимся, давно знакомым, давно милым, ликующим звукам.

Насте теперь все равно: летнее ли, безоблачно-голубое, или осеннее неприглядное небо раскидывается над нею. Впрочем, нет! Не все равно. Ей было бы легче, если бы вокруг нее

102

холодные ветры бушевали; тучи заволакивали бы небо из края в край, хлестал бы дождь, валил бы снег, ни зги не было бы видно, ни один светлый, ясный луч не озарял бы неба и земли. Весна же, как праздник, своими обидными улыбками еще горше растравляла ее раны.

Дошивает Настя мужнину рубашку и думает: "В прошлый год не помышляла я, что у Федора мне жить придется... Не помышляла!.." Да, Настя тогда, кажется, и ни о чем еще не помышляла: ее занимал писарь, ее волновало всякое красивое мужское лицо, ее веселило каждое светлое майское утро, когда ей приходилось выходить из дома для разноски белья. Год почти прошел после того дня, как Настя в первый раз вступила в новую семью. Год! И что же? Вокруг нее — духота, тьма, перед ней могила. Болезнь в самом же начале медового месяца сломила ее, разбила, высушила досуха, как старый, давно спавший с ветки лист. Недобрые люди отняли у нее мужа, Федор ее разлюбил и смотрит на нее как-то странно, обидно, оскорбительно смотрит... Но чем же виновата она? Тем, что больна! Зачем же ее не полечат? Зачем Гришин вырвал ее у отца и матери, если она была ему нелюба? Ведь она не вешалась ему на шею. А зачем же она шла? А зачем же ей приходилось бежать из родного дома, от худого, тяжелого житья? Зачем испорчена, загублена из-за алтына ее жизнь? Кто дал право портить ее, то есть портить то, для починки чего и мастера на свете нет? Да кто же портил-то... Кто? Никто не ответит Насте на эти вопросы. А вопросы между тем неясно, неопределенно, но настойчиво роились в ее голове. Насте казалось, что все могло бы быть лучше, — но как это "все" могло бы сделаться лучше, она представить себе не могла, и Насте смутно чуялось, что многие и кроме нее подумывают и чувствуют порой так же, как она.

Но есть одно утешение: эти вопросы смолкнут, тоска заглохнет, горе исцелится, и не будет больше "ни плача, ни воздыхания", будет полнейший покой измученным костям, для всяких чувств и дум наступит забвение, перестанет сердце биться и сжиматься, перестанет надсаживаться грудь, перестанет голова думать и болеть... Итак, спокойствие найдено: оно — на дне могилы, оно — верно там. И, может быть, Насте недолго уж осталось ждать этого покоя. А хорошо, если бы весна, подобно снегу, растопила и ее, — и вдруг Настя перестала бы страдать...

Совсем другие чувства, другие помыслы пробуждала весна-чародейка в брате Алешке. Желанье воли, желанье счастья, лучшего житья, в котором Настя уже отчаялась, с прежнею силой поднялось в нем. Алешка еще не был разбит, и думал он не о могиле.

Каждый раз, выходя из душного сарая на чистый воздух, Алешка находил, что в сарае очень темно, и сыро, и холодно, и невыносимо скучно, — а то ли дело под открытым небом: и ветерок-то тебя прохватывает, и солнышко-то греет,— любо! Предприимчивость же в Алешке, казалось, росла не по дням, а по часам, как сказочные богатыри. Вот пошел бы он куда-нибудь, да и принялся бы что-нибудь строить. Он охотнее бы согласился камни тяжелые ворочать, чем веревки вить и задыхаться от пыли.

В силу своей предприимчивости и как бы давая ей исход, Алешка, например, соорудил было у себя на дворе запруду. В русло мутного ручейка, протекавшего от конюшни к огороду, набросал он груду кирпичей, щебня, навалил липкой грязи, щеп и палок, — и ручеек скоро разлился в довольно порядочную лужу, которая глубиной достигала Алешке чуть-чуть не до колен. Но кучер, увидавший затею энергического юноши, разгреб запруду, выпустил воду и грозился оттаскать Алешку за вихры, если он "вдругорядь начнет этаким баловством пробавляться". Алешка обругал кучера "кривым чертом", но запруд больше не делал.

"Эх! В поля бы теперь! Работать бы да работать — раздолье! А то гниешь в такой преисподней, и сгниешь ни за грош..." И захотелось Алешке еще раз попытать счастья, убежать из ненавистного для него сарая, из города — в деревню, в поля, в леса. Легкие у него еще не отбиты, не попорчены, руки сильны... Он еще не думает, подобно сестре, о гробовом покое; он рассчитывает еще найти счастье на земле, а не ищет его, подобно Насте, под землей; покоя ему еще не надо; не устал Алешка, не изнемог, он даже не знает, куда ему деваться с своим железным здоровьем, с своими юношескими силами. Сил столько у него, что хоть на ветер мечи!

Он уйдет подальше. Алешка еще не знает, куда именно подальше уйдет он от проклятых веревок, от проклятого темного сарая. Наймется Алешка в работники и заживет на славу. Одуряюще, хмельнее всякого хмельного напитка действовала весна на его предприимчивую, непоседную натуру.

Свое намерение Алешка, как водится, сообщил брату.

Хотя Степке житье в трактире и пришлось по вкусу, но бежать он все-таки не отказался, — во-первых, потому, что недосыпать ночью, днем не иметь минуты покоя и отдыха было слишком утомительно, особенно для такой хилой натуры, как Степка; во-вторых, оттого, что Алешка, как сильнейший, теперь, как и прежде, имел на младшего брата громадное влияние. Алешка с своей стороны, разумеется, не поскупился на краски и перспективу будущего разрисовал такими яркими, радужными цветами, что у Степки слюнки потекли. Впрочем, должно заметить, что Алешка тогда не лгал, не сочинял, но говорил совершенно искренно, сам увлекался своими блестящими планами, сам верил в себя и в свои воздушные вамки.

Степка поддался искушению. Невзгоды, постигшие беглецов в прошлую осень, были позабыты. Страшно и трудно было убежать в первый раз, а в другой — уже несравненно легче.

Братья сговорились бежать в первый день пасхи (страстная неделя подходила тогда к концу). И действительно, лишь только над Болотинском торжественно загудели колокола, братья сорвались со своих мест и, сказав, что идут к заутрене, убежали. "Светозарная, светоносная ночь" была, как и всегда, ночь страшно темная. Мрак чернее чернил заливал город, только красные огоньки плошек на колокольнях жалостно мигали, и густая тьма словно заливала их. В соборе при выходе братья насбирали денег более рубля серебром и отправились разговляться в трактир. Тогда солнце уже взошло высоко. Напились братья чаю, выпили, закусили и, веселые, довольные и свободные, отправились на поиски за счастьем. Побродивши весь день по городу туда и сюда, побывав еще в двух-трех харчевнях, подкрепив надлежащим образом свои силы для предстоявшего похода и запасшись кое-чем в дорогу, братья вышли из города.

Когда братья шли за городским осыпавшимся валом, — начинало уже смеркаться и воздух свежел. Алешке было сильно не по себе, когда он проходил мимо старинного вала. Но не исторический вал, видевший много на своем веку, пугал смельчака. Пугало его то ровное, местами кочковатое место, которое тянулось за валом вправо от большой дороги и вдали окаймлялось перелесками и бесконечно раскинувшимися непроходимыми болотами. То было лобное место. Алешку пугало теперь, в вечерний час, воспоминание, которое связывалось для него с этою печальною равниной.

Алешке припомнилось раннее утро одного пасмурного октябрьского дня, когда на этом самом, теперь пустом, месте толпился народ вокруг высокой виселицы, а на виселице качался труп. Народ молча смотрел на казненного разбойника, а разбойник вытягивался и все кривил набок свою голову.

После того слишком уже два года прошло, но необычайное, ужасное зрелище, свидетелем которого пришлось быть Алешке, не выходило у него из памяти, и теперь, при взгляде на знакомую, мрачную равнину с бесконечными вдали болотами, воспоминание о картине, заставлявшей тогда Алешку дрожать и стучать зубами, опять живо восстало перед ним со всеми своими ужасающими подробностями. Теперь,

106

как и тогда, Алешку занимал вопрос: куда глядел висельник в ту минуту, как душенька его разлучалась с телом? На что последнее он бросил свой потухавший в муках взгляд? На город ли глядел он в то мгновенье, как свет выкатывался у него из глаз? Угрюмые ли болота последние мелькнули перед ним? Или же он видел только пасмурное небо, раскидывавшееся над ним подобно засаленной, грязной тряпице? Теперь все тихо на равнине; месяц спокойно льет на нее свой бледный, трепетный свет... Но Алешке чудится, что сейчас вот вырастет из земли виселица, на ней мертвый тихо закачается.

Братья скорей пошли от страшного места.

В темноте, по сторонам дороги, журчала вода; Алешке казалось, что это висельник захлебывается. Рыхлый снег проваливался под ногами беглецов; местами при лунном свете видны были проталины, вдоль заборов белел еще последний снег, и Алешка везде боялся увидать мертвеца с вытянутой шеей, с наклоненной набок головой и с страшно расширенными глазами.

Братаны порешили идти в Кладино, в большое торговое село, отстоявшее от Болотинска в пятидесяти верстах. К бабке теперь не шли братаны... Не приголубит их больше старая; ее давно в живых нет, и домишко ее уже снесли. А в Кладине братья надеялись работу найти, — работу не подневольную; если же бы, паче чаяния, и не нашли, пошли бы далее... Алешка в случае крайности думал перебраться в соседнюю губернию, а Степка намеревался странствовать в далекую Москву, представлявшуюся ему по рассказам трактирных половых каким-то совершенно земным раем, в котором гулянья, кабаки, харчевни, трактиры и монастыри с серебряными колоколами на каждом шагу.

— У тебя сколько осталось? Покажи-ка! — спрашивал его Алешка.

Тот молча достал из-за голенища медные деньги, завернутые в

тряпицу, и сосчитал: оказалось десять пятаков, да еще два гроша.

— У меня поменьше будет! — задумчиво проговорил Алешка. — Ну, да хватит! С голоду не помрем... В деревнях-то побираться будем... Денежки-то этаким манером и прибережем!..

Степка вполне согласился с братом.

На рассвете братья-бродяги дошли до большой реки, до той реки, которую поэт назвал "рекою рабства и тоски".

Месяц скрылся за лесом; в голубоватой вышине бледно горели бледные звезды, а восточная окраина неба зарумянилась, зарумянились и тяжелые, синеватые облака, всю ночь лежавшие над горизонтом. Потянул ветерок. Река темнела: сероватая мгла задергивала и реку, и дальний, противоположный берег. С глухим шумом стекала с берегов вода...

Братья присели отдохнуть на берег и задумались. А подумать было о чем, особенно трусливому Степке. В последней деревеньке им сказали, что третьего дня почти насилу переправили, а теперь уж и "оченно опасно стало". Братья серьезно и пасмурно всматривались в серый туман, задергивавший перед ними опасный путь, вглядывались-вглядывались и ничего увидать не могли. Небо между тем начинало уже заметно светлеть; и звезды гасли. Алешка поднялся первый и взялся за свою длинную, сучковатую палку.

— Ну, махнем, что ли! чего еще пережидать-то! — сказал Алешка, потягиваясь. — И то, слышь, как вода-то журчит.

Степка слышал, как "вода-то журчит", потому-то ему очень и не хотелось спускаться на реку: он, пожалуй, с большим удовольствием посидел бы на берегу, посмотрел бы, как там... Осторожно спустились братья на лед и осторожно пошли.

Жутко стало Степке, когда вдруг очутился он во мгле, прохватывавшей его насквозь сыростью и холодом. Сердце его сильно заекало, и затряслись поджилки. Степка набожно крестился...

Вехи, зимой обозначавшие дорогу, солома иструхшая, клоки полусгнившего сена и навоз местами обозначали им путь. Местами братья пробирались по уцелевшему снегу, порой скользили по тонкому, хрупкому льду, старательно ощупывая впереди себя палкой, прежде чем ступить. Вода, выступившая на поверхность льда, к утру подстыла так, что могла сдерживать человека. Братья тихо пробирались среди глубочайшего безмолвия и в непроницаемой, непроглядной мгле, ловко минуя опасные места и попадая на твердый, толстый лед. Впереди шел, разумеется, Алешка... Братья видели только друг друга: ни вперед, ни назад, ни по сторонам ничего не было видно. Даже звезды не мерцали над их головами, даже румяный восток скрывался за серыми волнами тумана. Слышали они только легкий шорох своих собственных шагов, да изредка доносился до них какой-то неопределенный, отдаленный шум, словно бы шум, гул и отголоски от какой-нибудь великой подземной работы, которою было занято множество сил.

Степке очень хотелось бы воротиться благополучно назад или вперед выйти на противоположный берег, а еще было бы лучше, если бы он вовсе не сходил с берега. Степка чувствовал, что он начал ослабевать; ноги его отяжелели, и шаг сделался неверен... Страх прохватывал его все сильнее и сильнее; зубы его начинали стучать, как в лихорадке, голова кружилась, и побледневшее лицо обезображивалось выражением самого напряженного, томительного ожиданья, выражением тревоги и смятенья. Алешка между тем успел уже совершенно овладеть собою, поборол свою боязнь и отважно смотрел вперед. После получасовой утомительной ходьбы он, наконец, прервал молчание.

— Недалеко теперь! — сказал он ободрительно, заметив искаженное лицо брата. — Кажись, уж виднеется что-то...

Степка в ответ на это утешение только вздохнул.

Вдруг раздался оглушительный треск, подобный пушечному выстрелу, и, глухим гулом прокатившись по реке, замер в отдалении... Степка страшно вздрогнул всем телом и шатнулся в сторону; ему показалось, что небо над ним расступается, что земля уходит у него из-под ног.

— Куда ты! Ведь это лед трескается! Чего ты, дурень? Постой!.. — крикнул Алешка, но слова его были заглушены вторичным, гораздо слабейшим треском, но уже раздавшимся где-то близко...

Степка провалился...

— Алешка! — крикнул он, хватаясь своими посинелыми руками за обламывавшийся край льдины. — Христа ради... Алеша...

Брат кинулся к брату, но льдина опять треснула, и хлынувшая из-под щели вода чуть не сшибла Алешку с ног... Алешка отскочил...

— Алеша! — задыхаясь, еще раз крикнул Степа и навеки скрылся в холодных волнах.

Бледный как полотно, машинально выбрел Алешка на берег и машинально же поглядел в сероватую мглу, в ту сторону, где погиб его бедняга брат. Пошел Алешка к темневшему на горизонте сосновому лесу. Сильный ветер дул ему в лицо и разметывал его длинные светлые волосы, Алешка закутывался в свой рваный тулупишко и несколько раз задумчиво и грустно оглядывался на оставшиеся позади него туманы...

XII

Иван Мудрый и его старая книга

Прошел Егорьев день, прошла весна, прошло и лето.

Осенние дожди с утра до ночи и с ночи до утра опять мочили поблекшую зелень; осенние ветры опять обрывали с деревьев желтый мокрый лист, кружили его в сыром воздухе и разносили по сторонам. Опять заодно с серым небом нахмурился Никита: весной добыл было он порядочную, доходную церковную работу в одном подгородном приходе, но хитрый архитектор надул столяра. Дело вышло просто дрянь!

Смеркалось.

Дождь к вечеру пошел сильнее, ветер крепче задул, порывистее застучал неприпертыми дверями и заскрипел в саду деревьями. Степановна побрела проведать свою горемычную дочь, а Никита, оставив старого кота караулить пустую квартиру, запер дверь на замок, а ключ положил сверху дверей в щель, где должна была его найти хозяйка, возвратившись домой.

Никита отправился к своему закадычному другу-приятелю, к старику-портному, которого звали "Иваном Мудрым" за то, что он очень много знал: Иван и геометрию проходил самоучкой, и французскому языку учился у одного ссыльного француза, и с историей, и с физикой познакомился, и с богословией...

— Ведь, братец ты мой, как почнет он катать из разных книг, просто уши развесишь! — толковали про него, бывало, добрые люди. — Диво, братец ты мой! Чего, чего только он не знает... Уж подлинно что "мудрый"! Волк его зарежь... И как это он дошел до всего, — по натуре, значит...

Когда Никита вошел к портному, тот стоял у стола с

111

огромными ножницами в руке и сверх очков смотрел в книгу, раскрытую перед ним на грудах суконных обрезков и холстины.

Иван Мудрый был высокий худощавый плешивый старик, с густыми седыми бакенбардами, с большими бледноголубыми глазами, мало потускшими от лет; взгляд этих добрых светлых глаз, то пристальный, серьезный, словно чего-то добивающийся, то кроткий, мило наивный, приводил многих в смущение...

Теперь Мудрый стоял перед столом в своем обычном домашнем одеянии, то есть в старых, рыжеватых штанах и в ситцевой с розовыми полинялыми мушками рубахе, перекрещенной старыми, темными подтяжками; засаленный же сюртук висел за портным на спинке высокого стула, стоявшего перед столом более для проформы, ибо хозяин все более стоял, а если и садился, то на край рабочего стола. Огромные очки с круглыми стеклами в тяжелой медной оправе, перевязанные ниточками, залепленные воском, покоились обыкновенно на кончике большого горбатого носа.

При входе Никиты Иван Мудрый опустил ножницы на книгу и, приподняв свои густые брови, поглядел на пришедшего сверх очков.

— Ну, что? — спросил он.

— Да что! Ничего... — лаконично отозвался гость и, положив шапку к себе на колени, уселся на табуретку подле стола.

Хозяин молча достал из кармана штанов табакерку, на крышке которой изображена была мрачная пещера с белою девой у входа, взял щепотку зеленоватого табаку, попотчевал и гостя. Гость, тоже молча, приложился, но, не нюхая, опустил руку с двумя крепко сжатыми пальцами на стол и как бы решительно готовился услышать от хозяина что-то хорошее... А хозяин задумчиво посмотрел на табакерку, на полуистертую белую деву, медленно перевел глаза на книгу и, словно не замечая вовсе присутствия Никиты, принялся читать вполголоса:

— Человек яко трава, дние его яко цвет сельный, тако отцветет. Яко дух пройде в нем и не будет... Яко цвет сельный! — повторил Иван Мудрый, вдумываясь в слова книги. — Гм! Вот видишь: человек уподобляется цветку, на поле растущему... Поцветет, отцветет и в землю предан будет, из нее же взят... Будет предан и истлеет...

Иван Мудрый остановился и бросил на гостя свой серьезно-наивный взгляд. Гость промычал, и в глухом его мычании слышалось подтвердительное "да".

— Да! Тако отцветет... — повторил Иван. — И не будет в нем жизни...

— А со мной-то, брат, что вышло! — начал вдруг столяр, вознамерившись отвлечь хозяина от умозрений и обратить его к делам земным.

— А что? — рассеянно спросил тот.

Никита передал своему другу о неудаче при церковной работе, постигнувшей его благодаря мошенничеству архитектора, и закончил рассказ жалобой на свою беспомощность. Друг молча выслушал грустную повесть...

— Хорошо, что ты, брат, ко мне пришел, а не подрал в свой проклятый кабачище! — оказал рассудительно Иван, потирая по обыкновению левую бакенбарду широкою морщиноватою ладонью правой руки. — Вином-то своим горя тебе не залить, на минуту разве только... А я, Никита, скажу тебе словечко хорошее, а ты его и помни, всегда в уме и держи, как тошно-то станет... Полегчать может... Знаешь ли, друг ты мой любезный? Ведь если не мы, так другие до таких чудес доживут, что люди не будут обижать друг друга...

— Эх ты! Уж точно, что "мудрый"! — с усмешкой заметил столяр, чувствуя, что друг его опять улетает от него куда-то далеко, в превыспренние области, куда Никита, по своей прикованности ко всему земному, следовать за ним решительно не мог. — Ворона тебе на хвосте, что ли, такую весть принесла?.. Ох, голова, голова! В раю разве поживем этак-то...

— Нет, друг любезный! И не в раю!.. Поживем и здесь еще... — возразил серьезно, даже сурово старик, поправляя свои очки. — Не ворона мне на хвосте эту весть принесла, в книге это написано... А в книгу эту я, знаешь, крепко верю: правду она все говорит...

— Где же это так написано? — полюбопытствовал Никита, начиная сознавать, что умозрения друга-приятеля становятся не столь отвлеченны, как казалось ему прежде, когда речь шла о "цвете сельном".

— А вот посмотрим!.. — с видимым удовольствием проговорил Иван, уходя за перегородку.

Там достал он из большого кованого сундука простую деревянную шкатулку, а из шкатулки вытащил книгу, бережно завернутую в кусок зеленого полинялого штофа. Книга оказалась очень старинная, рукописная, в толстом кожаном переплете, с тяжелыми медными застежками. Края толстых листов ее значительно позасалились и потемнели от частого прикосновения рук; местами виднелись закладки, — обрезки холста, ленточки и бумажки — остатки выкроек. Иван Мудрый бережно положил книгу на стол, бережно отер рукавом рубахи переплет и раздавил моль, вдруг взявшуюся невесть откуда. Но вот массивные застежки с треском отскочили, и книга, в которую "крепко верил" Мудрый, раскрылась.

На первом заглавном листе каким-то черным составом, подобным китайской туши, было немудро нарисовано трехглавое чудовище вроде змия; аляповатый всадник на маленькой, коротконогой лошадке скакал перед змием и поражал его ударами своего копья. Красною краской вокруг этой загадочной виньетки был обведен овал из цветочков, а внизу стояла красная же, кровавая надпись, загадочная не менее самой виньетки, и гласила: "и приидет и поразит".

Книга была написана на старинном, церковнославянском языке.

Дрожащею рукой стал перелистывать Иван Мудрый свою драгоценную книгу и, наконец, остановился.

— Вот слушай же, дружище! — сказал он, придвигая ближе к книге сальный огарок и поправляя очки.

— "Народятся люди сильные и храбрые, — с торжественностью начал Мудрый, немного в нос и шамкая своими беззубыми челюстями, — и возлюбят они людей как самих себя. {Этот отрывок из "старой книги" автор перевел по возможности точно, придерживаясь подлинника, и сохранил даже некоторые церковно-славянские обороты. (Прим. автора.)} И разрушат они кумиры нечестивые, истребят храмины порочных, а святыню поруганную вознесут, и людей бедных из пленения лукавого извлекут, и мир дадут душам их. И восстанет тогда змеище, соберет свои все силы окаянные, ополчит своих темных прислужников и пойдет противу Добрых войною великою. И почнет змеище проклятое изрыгать хулы мерзкие на людей, — их же заповедь: возлюби ближнего, как самого себя. И поднимутся демоны терзать и рубить Добрых, — и из каждого куса человечьего новый человек вырастет и силы прибудет. Тогда поделится весь род людской направо и налево; и восстанет тогда царство на царство и народ на народ; даже по семействам пойдут смуты: отец не признает сына, сын не признает отца, и брат — брата. Будут большие землетрясения, и глады, и моры, и ужасные явления и великие знамения с неба. Прийдут дни, в кои из того, что вы здесь видите, не останется камня на камне: все будет разрушено. Так сказано в Писании. И сбудется сие точно..."

Иван Мудрый приостановился, поправил опять очки, снял со свечки нагар и многозначительно посмотрел на Никиту.

— Ну! — прошептал тот, перекинул ногу на ногу и, запахнувшись в тулуп, приготовился слушать далее чудесное сказание, смысл которого для Никиты все еще оставался темнее той ночи темной, что заглядывала к ним в окно.

— "Возгорятся войны и смуты великие, — продолжал Мудрый, — но чем более напрягаться будет змеище, тем многоголовее станет возникать противу него рать верных. И свергнут чудовище и затопчут служителей его во прах, будет едино стадо и один пастырь. Солнце воссияет тогда с небес в блеске новом и осушит землю, упитанную слезами и кровью. Всех Злых лики омрачатся печалию, а Добрые возрадуются и возвеселятся. И прийдут от востока и запада, и севера и юга и возлягут в царствии божием, — и царствию их мира конец прописан в книге за семью печатями, вскрыть кои возможет только лев от колена Иудина, как сказано в Откровении, Конь бледный и на нем всадник, коему имя Смерть..."

— Ну, тут уж другое пойдет... — заметил Иван Мудрый, закрывая книгу. — Глаза-то у меня не прежние... устают! А то бы мы почитали еще с тобой...

Долго, долго за полночь толковали друзья вполголоса о "змеище" и о "временах мирных". Не водка, — деревянный ковш с водой стоял перед собеседниками на столе...

Опять как-то, должно быть вскоре же после того, сидел Никита с Иваном Мудрым, с своим другом-приятелем. Но теперь не темная, дождливая ночь заглядывала к ним в окно, — веселый, солнечный день сиял над землей. На столе чистая скатерть постлана, и закуска на нем стоит: груда пшеничных пирогов, кусок баранины с картошкой, — и все такое вкусное, аппетитное. На дворе как будто праздник... Но какой именно праздник, Никита не может никак вспомнить...

Приходит господин — не то барин, не то купец — садится за стол, и ест, и пьет.

— Кто это? — спрашивает Никита, сильно удивляясь тому, что

116

за странные знакомые завелись нынче у Ивана: приходят, не здороваются и без всякого приглашения садятся за стол.

— Не знаю! — отвечает Иван Мудрый, выкраивая спинку сюртука, и с лукавой усмешкой смотрит на Никиту сверх своих старых очков.

Никита еще более удивляется и тут вдруг замечает, что Иван как будто бы тот, да не тот...

Господин, закусивши, пошел было вон.

— Послушай-ка! — остановил его Мудрый. — Ты книгу-то эту дочел?

Гость молча кивнул головой.

— Дай-ка мне ее теперь!.. — Иван подошел к незнакомцу. — Да уж и трубочки-то эти оставь, пожалуй...

Незнакомец молча же положил на стол принесенные снаряды и книгу — и ушел.

— Вот ужо, как потемнеет, мы с тобой, Никита, звезды будем считать! — сказал хозяин. — Я-то их, почитай, все уж пересчитал...

Никита удивлялся.

В то время толпа людей валила по улице с топорами, лопатами, с вилами, косами, с разным дреколием.

— Что это? Куда они идут? — спрашивает столяр, опять удивляясь.

— На работу идут! — поясняет Мудрый и сам начинает шить и шьет усердно-усердно.

Идет Никита на улицу и много везде встречает народа. То вон точно отец дьякон, что судился с ним у мирового из-за рам, —

да нет! Не дьякон!.. А там как будто господин Кривушин, недодавший ему за мебель более тридцати рублей, — да нет! Опять-таки не Кривушин... Что за черт!.. Никита мысленно ругается и удивляется все более и более... Огромные белые красивые здания утопают в роскошных садах. Во всем и повсюду, куда ни оглянется Никита, что-то новое есть и в то же самое время чего-то старого, знакомого недостает... Музыка где-то играет, как будто бы в Лобановском саду, но нет, не в Лобановском... Песни где-то поют... Мальчишки на площади играют, кричат оглушительно... Что это? Андрюша между ними! Да нет! Как точно Андрюша, а посмотришь хорошенько, — не Андрюша... "Что за чудо! Что за чудо!" — шепчет Никита. И город-то походит на Болотинск, а все-таки не Болотинск...

"Что за притча! Ровно нечистый меня обошел..." — раздумывает Никита и идет опять к Ивану Мудрому за объяснениями.

— Помнишь, в старой книге я тебе о чудовище-то читал? Давно читал, помнишь? — спрашивает Мудрый.

— Помню! — машинально отвечает Никита. — Да ведь ты мне это недавно, брат, читал...

— Недавно! — передразнивает его портной и усмехается. — Нет, брат, давно... Это еще там я читал тебе!.. Вот когда, друг ты мой! Ты ведь все это время проспал, а на хорошую-то пору как быть и поднялся... А чудовища-то того трехглавого уничтожили... Все и бесы его исчезли с лица земли... Теперь уж царствие божие наступило... Теперь уж...

Вдруг кто-то заплакал — и Никита пробудился...

Тихо плакала во сне Степановна, и дождь хлестал в окна. Очень скучною и угрюмою показалась Никите ночная темнота после того яркого света, который слепил его во сне; после музыки и веселого пенья очень скучен показался Никите заунывный шум деревьев...

XIII

Кто не виноват?

Опять весна. Опять с безоблачных небес полился веселый свет; опять жаворонок звонко запел. Опять большая река с шумом понесла в далекое море свои чистые воды. Опять зазеленели вокруг Болотинска леса, луга и поля.

Зазеленела трава и на могиле Насти... Могила — без креста, но насыпана она в месте низком, сыром, и оттого вокруг нее синеет бездна незабудок. Почти сплошным ковром выглядывают приземистые голубые цветочки из темнозеленой травы. Под этим зеленеющим бугром покоится Настя; лежит себе она барыней, сложа ручки, спокойно лежит, никем не обижаемая, не тревожимая... Катерина Степановна каждый раз после обедни заходит на могилу, припадает к сырой земле, где лежит ее мученица-дочь; крепко припадает Степановна к родной могилке, мнет коленями незабудки и горько-горько плачет, — не по обычаю, заведенному исстари, плачет старуха, но по искреннему материнскому чувству...

Никита, в ожидании "времен мирных и беспечальных" и всяких неописанных блаженств, запил к тому времени горькую... Дела его портились все более и более и пришли, наконец, в полнейший застой, вследствие чего Никита с женой часто голодали, лежали целые вечера впотьмах, в нетопленной хате: Степановна значительно одряхлела и работать за троих, как прежде, уже не могла. Люди того слоя общества, о котором идет речь в этой повести, дурно сохраняются и стареются скоро.

Федор Гришин сбирался в Питер за счастьем. Об Алешке и Степке не было ни слуху ни духу... Сидор Панкратьев открывает уже третью лавку. Билетов внутреннего займа, говорят кумушки, набрал он тьму-тьмущую... Иван Мудрый все ждет и с твердою надеждой ищет вокруг себя разных знамений, по которым бы можно было предугадать о близости царствия божия, царствия духа святого, прописанного в его "старой книге"...

. . . .

В верстах восьмидесяти от Болотинска шла Пелагея, работница отца Василия, Федорова полюбовница. Вокруг нее неоглядною гладью раскидывались поля; паренина чернела, словно облитая чернилами, а нежная озимь отливала изумрудом. Вечернее солнце светило мягким, ровным светом, и его золотом и блеском подергивались и близи и чуть видимые дали...

Шла Палаша не одна, но с ребенком на руках, с плодом своей несчастной любви. Месяца уже полтора тому назад оставила она город и теперь возвращалась в Болотинск уже сам-друг на горе самой себе.

Когда начали являться несомненные признаки того положения, которое, неизвестно почему, называется интересным положением, когда стройный стан ее стал значительно полнеть, когда ей уж приходилось тяжело справляться с обычной работой — стирать, мыть полы, Палаша решилась отказаться от места, для сохранения своей доброй славы, по крайней мере хоть на время, и идти в родную деревню.

— С отцом хочется повидаться! Давно уж я дома-то не бывала... — говорила она отцу Василию.

— Ну, и что же! Доброе дело! — соглашался отец Василий. — Сходи, да и возвращайся...

— Я уж, отец Василий, и добро-то свое у вас оставлю! — попросила девушка и немного скраснела от кроткого, но испытующе пристального взгляда священника.

— Оставь! — согласился и на это отец Василий, сам тоже слегка покраснев, и взялся за бороду...

Попадья уже замечала кое-что за Палашей и сообщала не раз свои подозрения мужу, но муж чуть уши не затыкал и усовещивал жену не грешить попусту: старый священник даже не мог представить себе беременную девушку, живущую в его доме.

— Да ты послушай, как она кашляет! — внушительно шептала ему жена.

— Ну что же! Ну и кашляет! — упорствовал муж.

Отец Василий не любил ни вражды, ни доносов, ни злых людей, ни добрых, дурно говорящих о злых, — словом, ничего такого, что неприятно смущает сердце. Отец Василий желал видеть в мире более доброго, чем злого, и был весьма склонен думать, что на свете все хорошо и все к лучшему. Сгорит ли дом, потонет ли человек, раздавят ли кого-нибудь лошади, обидит ли его самого благочинный или консистория, — отец Василий при всяком несчастном случае говорил все одно и то же:

— К лучшему, матушка, все к лучшему!

Жена, разумеется, часто не могла соглашаться с ним.

Так, старый священник и о Палаше никак не хотел думать худого, но теперь, когда работница стала спрашиваться у него домой, священнику вдруг бросилась в глаза полнота ее, припомнились слова жены, и он подумал, что жена, пожалуй, и права. Вот отчего покраснел отец Василий, глядя на девушку; вот отчего он вздохнул свободно лишь тогда, как Палаша вышла от них со двора с котомкой за плечами и скрылась из виду.

"Авось отец не выдаст! — раздумывала Палаша, выходя за заставу и минуя пороховые магазины. — Авось не оттолкнет он

121

свою дочь, приголубит ее по старой памяти, хоть в память своей первой жены..." Отец даст ей уголок в своей хате, обогреет ее, приютит и покормит, пока она не оправится. Старик даже, очень может быть, смилостивится до того, что и ребенка ее не отбросит, возьмет к себе питомцем своего безыменного внука и тем освободит бедную мать от непосильной и позорной ноши. На заступничество и любовь мачехи Палаша, конечно, не надеялась.

"Но лишь только вступила она под отеческий кров, как все ее надежды разлетелись в единый миг; отец, подпавший под старость еще пуще прежнего злому влиянию мачехи, прогнал прочь от себя непотребную дочь.

— Срамница! Мерзкая ты тварь этакая!.. Да как ты глаза-то свои бесстыжие показать смела!.. — хрипел суровый старик и даже не пожалел — грубо толкнул и пихнул от себя повалившуюся к нему в ноги девушку.

Тут уж Палаша поднялась, — сама гордая, сама жестокая и злая; слезы высохли у нее на глазах, зато лицо пуще побледнело. Не оглянувшись ни разу на порог родной хатки, молча пошла она по улице... Стучалась она под окнами у соседей, но и соседи не пускали ее к себе: никто не хотел принимать ее к себе, никто не хотел прикрывать тяжкий грех... Одна было ветхая старуха сжалилась над юной грешницей, впустила ее, но через день же, вследствие наговоров и угроз, прогнала Палашу.

В грязной бане, на охапке грязной соломы родила Палаша своего сына-первенца. Скрипя зубами и проклиная, взяла она впервые на руки своего крошку, без имени, без прозвища. Сумеречный свет пробирался в баню сквозь разбитое оконце и сквозь густые ветви ивы, росшей под окном. И при этом сумеречном свете неприязненно смотрела Палаша на свое незаконнорожденное дитя.

И вот теперь шла она с ребенком в город, шла совсем не тою

Палашей, какою выходила из города. Теперь уж не запеть ей с горя песенку, не разогнать своей кручины. Что делать? Куда деваться с своей пропащею головушкой? Что бы такое получше придумать? Вот какого рода вопросы задавала ей минута и настойчиво требовала скорого, прямого ответа. А где его взять — этот проклятый ответ? Он еще не готов; в голове Палаши мысль все еще бродит, словно в потемках; никакой свет — хотя бы самый скудный — не озаряет отуманенного мира ее души...

В город идти нельзя: девку с ребенком никто в услужение не возьмет; нигде ей места не получить, а место между тем ей необходимо для того, чтобы жить. Отдать же ребенка на воспитание, как то делают иные, Палаша не могла за неимением денег. "Ведь рубль в месяц возьмут, поди, — рассчитывала она. — Да, пожалуй, еще и больше запросят: нынче все этак дорого, хлеб-то не уродился..." А и всего-то на все она получала два рубля без четвертака!.. Где же ей платить еще за сына, когда самой-то не всегда достает этих денег. Куда же ей девать сына? По миру побираться! А стыд? Да разве Палаша умеет протягивать руку за милостыней: она умеет только работать и за работу деньги берет.

Ясный майский вечер потухал. Темные, густые облака со всех сторон заносили небо. К ночи поднялся ветер и зашумел по лесу.

Палаша шла по узкой лесной тропинке, густо позаросшей травой, под нависшими ветвями старых сосен и елей. Ночь темная, без месяца, без звезд уже наступала, а ответ между тем на роковые вопросы в руки все еще не давался. Голова болела от усиленных, напряженных дум; усталость подкашивала ноги, сердце билось редко-редко, но мерно и тяжело, словно отбивало какой-то чрезвычайно трудный, тоскливый марш, захватывавший дыхание.

Тут полубольной и разбитой Палаше под знакомый шум лесных деревьев вдруг припомнилась смелая, отважная девочка, отправлявшаяся в неведомый мир, с одной только палкой в руке, счастье себе завоевывать. Та девочка с таким упованием смотрела вперед: так свеж, прекрасен и чист был ее собственный мир надежд и помыслов, так бодро встряхивала она своими блестящими черными волосами, такие беззаветно-веселые, задушевные песенки напевала она, что Палаше даже не верится, что та девочка была не кто иная, как она сама. Тогда Палаша думала, что если захочет что она, — то все может выполнить; захочет, например, быть вольною — и останется ею навсегда... Свои желания она может исполнять безбоязненно, может устроиться независимо, в довольстве, счастливо: ведь для того она будет работать и работать...

И совершенно справедливо думала та смелая девочка, представлявшая, по своей наивности, идеальным то общество, в которое она шла с дерзким желанием быть счастливою...

Но так думала Палаша тогда. А теперь? Теперь уж она ясно видела, что смело она шла и смело, очертя голову, полетела в пропасть, что не устроила она себе счастья...

Так всегда: одни на костях других строят себе нечто призрачное — подобное счастью, и ничего не успевают сделать, потому что на их костях третьи хотят созидать что-то, а те, в свою очередь, попадают в руки четвертым — и так далее до бесконечности. Не устраивается счастье на несчастье других; а строить счастье на ином основании люди не могут, не умеют...

Стал дождь накрапывать; в лесу тени сгущались все более и более и, наконец, слились в одну мрачную тень и затопили собой все лесное царство... А роковой ответ все еще не получался... Вдруг заплакал ребенок: несколько холодных дождевых капель упало на него с ветки, о которую нечаянно головой задела мать. Палаша вздрогнула, крепко прижала дитя в своей ноющей груди и вдруг вместе с ним опустилась на землю. Лихорадочно блестевшие глаза ее с страшным выражением впились в личико ребенка, в его смежавшиеся глазки... Ребенок долго плакал, просил груди, но материнская грудь не давала ему ни капли молока. Напрасно припадал к ней ребенок... Наконец он устал, захотел спать...

Перед глазами Палаши все вдруг ходенем заходило — и густой кустарник, и кочки, и шумящие ели, и высокие сосны... В голове ее что-то ужасное рождалось, — и росло это "что-то" не по часам, — по мгновеньям...

Палаша, как будто во сне — кладет сына между двух высоких кочек в густую, мягкую траву, подымается с колен — тоже как будто во сне, и, пошатываясь, запинаясь за корни дерев, идет прочь... Слабый крик доносится до нее порывом ветра, несется далее по лесу и приковывает Палашу к месту... Онемелою рукой проводит она по лицу, словно бы стараясь припомнить что-то, возвращается к двум кочкам, теребит мох и затыкает им рот ребенку. Она закрывает мхом почти всего малютку и идет... Не идет — бежит... Дождь мочит ее и пронизывает насквозь, колючие ветви сосен хлещут ей в лицо, бьют в грудь, рвут у нее с головы платок... Деревья словно хотят остановить несчастную, обезумевшую мать... Ветер страшно гудит, ревет по лесу и стонет в ветвях сосен и елей... Сквозь шум, сквозь свист и завыванье бури до Палаши опять долетает слабый крик, — этот крик отдается у нее в ушах, отдается в сердце, в голове, и мучит, и терзает несчастную детоубийцу до истощения сил, до отчаяния, до одуряющей боли. То воображаемый крик... Палаше чудится, что за нею гонится кто-то, кто-то хватает ее... За нею гонится все тот же болезненный крик беспомощного существа, заживо погребенного ее руками... Нет! Невмочь! Она возвращается назад, ищет, бродит по лесу и никак не может найти свое дитя... Стонут сосны, стонут ели; треск расходится по лесу, — адская музыка гудит над темным лесом в темной вышине... Палаша измучилась, обессилела — и почти без чувств падает на груду сухого хвороста под старою елью.

Немало седых, серебристых волос пробилось в темных блестящих волосах Палаши в эту ужасную ночь...

Через неделю после этой ночи мужики, косившие под лесом, нашли маленького мертвеца. Начались розыски, и дело скоро было раскрыто, благодаря не проницательности судебного следователя, но тому, что Палаша не могла выносить дольше непосильных мук, не могла лгать — и при первом же допросе созналась во всем. Преступница, впрочем, явилась весьма закоснелой злодейкой: сильно виноватой она не признавала себя до конца.

— Делать-то мне больше нечего было! — объясняла она.

С глухим шумом захлопнулись за нею тяжелые двери тюрьмы и отделили ее навсегда от жизни, которую она так страстно, так горячо любила...

Год тому назад Алешка, в товариществе с несколькими арестантами, под конвоем шел по сибирской дорожке... Пыльная, невеселая, ровная как скатерть, вилась она, бежала без конца... Тупо, уныло поглядывал Алешка на пустынную дорогу.